副刊文丛 一

主编 李辉 王刘纯

我画文人肖像

罗雪村 著

中原出版传媒集团
大地传媒
大象出版社
·郑州·

图书在版编目(CIP)数据

我画文人肖像／罗雪村著.— 郑州：大象出版社，2017.1
(副刊文丛／李辉，王刘纯主编)
ISBN 978-7-5347-8519-1

Ⅰ.①我… Ⅱ.①罗… Ⅲ.①随笔—作品集—中国—当代 Ⅳ.①I267.1

中国版本图书馆 CIP 数据核字(2016)第 310943 号

我画文人肖像

罗雪村 著

出 版 人 王刘纯
项目统筹 李光洁 成 艳
责任编辑 李 爽
责任校对 牛志远
书籍设计 段 旭

出版发行 大象出版社(郑州市开元路 16 号 邮政编码 450044)
发行科 0371-63863551 总编室 0371-65597936
网 址 www.daxiang.cn
印 刷 北京汇林印务有限公司
经 销 各地新华书店经销
开 本 787mm×1092mm 1/32
印 张 7.75
版 次 2017 年 1 月第 1 版 2017 年 1 月第 1 次印刷
定 价 29.00 元
若发现印、装质量问题，影响阅读，请与承印厂联系调换。
印厂地址 北京市大兴区黄村镇南六环磁各庄立交桥南 200 米(中轴路东侧)
邮政编码 102600 电话 010-61264834

“副刊文丛”总序

李　辉

设想编一套“副刊文丛”的念头由来已久。

中文报纸副刊历史可谓悠久，迄今已有百年行程。副刊为中文报纸的一大特色。自近代中国报纸诞生之后，几乎所有报纸都有不同类型、不同风格的副刊。在出版业尚不发达之际，精彩纷呈的副刊版面，几乎成为作者与读者之间最为便利的交流平台。百年间，副刊上发表过多少重要作品，培养过多少作家，若要认真统计，颇为不易。

“五四新文学”兴起，报纸副刊一时间成为重要作家与重要作品率先亮相的舞台，从鲁迅的小说《阿Q正传》、郭沫若的诗歌《女神》，到巴金的小说《家》等均是在北京、上海的报纸副刊上发表，从而产生广泛影响的。随着各类出版社雨后春笋般出现，杂志、书籍与报纸副刊渐次形成三足鼎立的局面，但是，不同区域或大小城市，都有不同类型的报纸副刊，因而形成不同层面的读者群，在与读者建立直接和广泛的联系方面，多年来报纸副刊一直占据优势。近些年，随着电视、网络等新兴媒体的崛起，报纸副刊的优势以及影响力开始减弱，长期以来副刊作为阵地培养作家的方式，也随之隐退，风光不再。

尽管如此，就报纸而言，副刊依旧具有稳定性，所刊文章更注重深度而非时效性。在电台、电视、网络、微信等新闻爆炸性滚动播出的当下，报纸的所谓新闻效应早已滞后，无法与昔日同日而语。在我看来，唯有副刊之类的版面，侧重于独家深度文章，侧重于作者不同角度的发现，才能与其他媒体相抗衡。或者说，只有副刊版面发表的不太注重新闻时效的文章，才足以让读者静下心，选择合适时间品茗细读，与之达到心领神会的交融。这或许才是一份报纸在新闻之外能够带给读者的最佳阅读体验。

1982年自复旦大学毕业，我进入报社，先是编辑《北京晚报》副刊《五色土》，后是编辑《人民日报》副刊《大地》，长达三十四年的光阴，几乎都是在编辑副刊。除了编辑副刊，我还在《中国青年报》《新民晚报》《南方周末》等的副刊上，开设了多年个人专栏。副刊与我，可谓不离不弃。编辑副刊三十余年，有幸与不少前辈文人交往，而他们中间的不少人，都曾编辑过副刊，如夏衍、沈从文、萧乾、刘北汜、吴祖光、郁风、柯灵、黄裳、袁鹰、姜德明等。在不同时期的这些前辈编辑那里，我感受着百年之间中国报纸副刊的斑斓景象与编辑情怀。

行将退休，编辑一套“副刊文丛”的想法愈加强烈。尽管面临互联网等新媒体方式的挑战，不少报纸副刊如今仍以其稳定性、原创性、丰富性等特点，坚守着文化品位和文化传承。一大批副刊编辑，不急不躁，沉着坚韧，以各自的才华和眼光，既编辑好不同精品专栏，又笔耕不辍，佳作迭出。鉴于此，我觉得有必要将中国各地报纸副刊的作品，以不同编辑方式予以整合，集中呈现，使纸媒副刊作品，在与新媒体的博弈中，以出版物的形式，留存历史，留存文化。这样，便于日后人们可以借这套丛书，领略中文报纸副刊（包括海外）曾经拥有过的丰富景象。

“副刊文丛”设想以两种类型出版，每年大约出版二十种。

第一类：精品栏目荟萃。约请各地中文报纸副刊，挑选精品专栏若干编选，涵盖文化、人物、历史、美术、收藏等领域。

第二类：个人作品精选。副刊编辑、在副刊开设个人专栏的作者，人才济济，各有专长，可从中挑选若干，编辑个人作品集。

初步计划先从20世纪80年代开始编选，然后，再往前延伸，直到“五四新文学”时期。如能坚持多年，相信能大致呈现中国报纸副刊的重要成果。

将这一想法与大象出版社社长王刘纯兄沟通，得到王兄的大力支持。如此大规模的一套“副刊文丛”，只有得到大象出版社各位同人的鼎力相助，构想才有一个落地的坚实平台。与大象出版社合作二十年，友情笃深，感谢历届社长和编辑们对我的支持，一直感觉自己仿佛早已是他们中间的一员。

在开始编选“副刊文丛”过程中，得到不少前辈与友人的支持。感谢王刘纯兄应允与我一起担任丛书主编，感谢袁鹰、姜德明两位副刊前辈同意出任“副刊文丛”的顾问，感谢姜德明先生为我编选的《副刊面面观》一书写序……

特别感谢所有来自海内外参与这套丛书的作者与朋友，没有你们的大力支持，构想不可能落地。

期待“副刊文丛”能够得到副刊编辑和读者的认可。期待更多朋友参与其中。期待“副刊文丛”能够坚持下去，真正成为一套文化积累的丛书，延续中文报纸副刊的历史脉络。

我们一起共同努力吧！

2016 年 7 月 10 日，写于北京酷热中

目　录

以纯真情怀为文人画像　李　辉　1

他听见了天堂的钟声　1
他的灯，也挂在了树枝上　4
人家写大漠原野，他只写一团草　7
那个年代，我们都有梦　10
写诗应该根据最普遍的人性　13
国家不幸诗家幸　16
人生识字忧患始　19
越难点着的煤，燃烧得越久　22
听着鸡鸣狗叫写小说　25
方比圆好　28
一想到他就要落泪　31
宽恕但不会忘记！　34

跟书打交道，过了愉快的一生 37
漫画是骂人的！ 40
八十后，还想着重踏天山路 43
最美的死亡 46
我一定要等到妻子去世后再走 49
去掉人旁不做官 52
我喜欢欧化的诗 55
他坐在那，有一种沉甸甸的分量 58
他坐在台阶上，垂着头…… 61
对人爱，是极艰难又极易失败的学习 64
他是……那个人 67
几乎每天记札记 70
漫画是要画思想 73
我从小就是个人道主义者 77
我就没有把它忘记 80
搞学问就像滚雪球 83
奴隶还有自己的灵魂 86
你听故事，得收费呀 89
他拥有的矿藏太多了 92
绿意青葱 95

他提着个布袋子来了 99
他静静地睡去 102
那声音，我一辈子不会忘 105
看破，即放下 108
一个被拧巴的人 111
他活得——苦哩！ 114
不写东西，我会难受的 118
我画出的这些词都是无特点的公共用语 121
他写“鬼”，却成了鬼 124
挨过饿的人会有这个吃相 128
你越打击我，我越要抗争！ 131
他也很不幸 134
他怕忘记，也准备忘记 137
让我静静地写 140
啊，香喷喷的大粪啊！ 143
晚歌如水 146
要叫就叫我“老谭” 150
他改过的校样要被贴出示众 153
痛苦不是他一个人的 157
他有两双眼睛 160

艺术不能没有苦难 163
那个年代，他的眉头是舒展的 166
唉，惭愧呀…… 169
他活出了人的模样 172
请大家记住他的笑 175
那个副部级能在空中飘洒几时？ 179
其实我越来越瘦 182
我什么东西都不留 186
父亲回家时穿着中山装 189
我是一个积极的“悲观主义者” 192
老时才醒，醒时已老 195
我的大家庭，和睦又亲爱 198
己所不欲，勿施于人 202
他有点儿老天真 205
我的鞋样都是哥哥铰的哩 208
做学问要有耐性 211
快看不见了，但还要写 214
晚年，他有两种面容 217
他说什么也不怕了 220
一个反问 223

以纯真情怀为文人画像

李　辉

雪村兄半年前退休了，要见上一面，不容易。再过半年，我也该退休了，要再见上雪村一面，恐怕更不容易了。这不免让人想起清代的一副名联：“相见亦无事，不来忽忆君。”

过去每逢春节，文艺部总是会将退休的老编辑们请回来与我们相聚。这是难得的一次机会，叙友情，传帮带，一种文化传承尽在其中。这几年被叫停了，说是可能违反什么规定。从此，年轻编辑再也没有机会与前辈编辑相聚畅谈了。90岁高龄的老主任袁鹰先生，甚至提议，可否由退休老编辑出钱，请大家春节相聚？他的理由很充分。因为，共事许多年的同人，每年就期盼着一年一度的相聚，年岁已高者，尤其珍惜。袁鹰其情之深，其意之切，令人感慨。可是，如今盛行多一事不如少一事，谁还在乎一个单位的文化凝聚力、情感感召力？对于工作多年的地方，离开之后，如果不再留恋它，不再想它，它还是具有文化氛围、富有人情味的地方吗？淡漠如此，何其悲哀。

一个延续多年的好传统，如此这般烟消云散。每念及此，多少有些惋惜。

20世纪90年代初，雪村从世界知识出版社调到文艺部，彼此共事20余年。很少有人如雪村性情如此纯真、透明，感觉有时他活在一个只属于自己的世界里，身边许许多多鸡零狗碎的东西、纷纷扰扰的东西，不入他眼，不在他心，与他无关。

纯真、透明，当然也就十分较真。每周一部门例会，谈论上周版面。一次，谈到副刊发表的一首诗歌，一位口无遮拦的编辑脱口而出:“什么狗屁诗,太差了！”仁者见仁，智者见智，对一个作品的评判各不相同，也是情理之中的，只是这位编辑语气过分，措辞不当。未料想，责任编辑恰好就是雪村。他当场气得满脸通红。我以为事情就这样过去了。第二周，依旧例会，认真的雪村再次提及诗歌话题。原来，那次例会之后，他分别找了几位诗人、作家，请他们谈对这首诗的印象，大家均给予不错的评价。他一一念出，以此来证明自己作为责任编辑，并不失职。雪村就是这样认认真真对待自己所做的一切，任何事情，对他而言，必须弄得清清楚楚，水落石出，不然，决不罢休。

由于这一别扭，两位脾气都很特别之人，好几年见面都不讲话。直到一次婺源之行，借着酒劲，我将他们两位拉到一起，碰杯畅饮，过往不快，被酒化解。

酒的确是好东西。第一次见雪村喝多，是庆贺袁鹰先生八十大寿。一杯又一杯，劝都劝不住。一次在上海，我们一行人坐在衡山路边喝啤酒，雪村微醺状态，主动要求讲他年轻时在上海的偶遇，不停地讲，我们说，已经讲过，不要再讲了。他说：“不，不，我还要讲。”所谓故事，真假不知。性情中人，由酒浇灌而开花。年轻同事如果说到雪村，总是会提到每天晚上，他牵着妻子的手在院子里散步。退休后，他搬走了，院子里从此少了这一让人羡慕的浪漫一景。

刚到文艺部，雪村在美术组当编辑。每逢开会，他很少言语，手却从来没有停过。他不停地画会场速写，画坐在身边的同事。如到外地采风，他也不停地画，有几次，因为等他，出发总要耽误一些时间。大家熟知他，理解他，从来没有因为他的迟到而不快。在文艺部，勤奋如斯者，雪村首屈一指。

雪村一画就是20年。他笔下的人物肖像，简洁而越来越有神。有幸与他同事，他为我画过好几幅。有一幅，简单几笔的勾勒，见过的人都说特别传神，我珍藏至今。

从美术组调到副刊组，可以说是雪村做出的一个最好选择。编辑副刊，可以接触更多的文人，他的天地为之一宽。与文人交往，他坦诚相交，闲聊与阅读，文化情怀愈加浓郁。20年，画像不止，他学习了丁聪的肖像风格，又形成了自己的特点。雪村很用心，他经常请那些文人在其所画的文人肖像上题跋，包括我所熟悉的不少老人，如萧乾、季羡林等。前几年，他将这些肖像与题跋集中在一起，曾办过一次展览，观者为之赞叹不已。

在为许多文人画像的同时，雪村也开始写作。他体味文化，留意为文人画像的过程。20年，他笔耕不辍，对历史、对笔下人物体味颇深，颇有见地，其文字也越来越干净利落，恬淡而隽永。

早在几年前，我与雪村说，一定想办法为你编选出版一本文人肖像集。如今，这一愿望终得实现。

雪村所画文人肖像甚多。我建议他，最好每幅肖像能配上简略的文字，叙述笔下人物的印象。雪村非常认真地写下几十篇。这样一来，只好忍痛割爱，先将所写第一批人物的文章与肖像，结集为第一册。希望以后，他的这一系列还会继续编选出版。当然，这不只是为了雪村，更是为了文人群体，为了我们共同经历的一个时代。我们在雪村笔下的文人肖像与文字的呼应中，感怀历史，将流逝岁月留存。

很高兴雪村兄给我这个机会，为他的第一本文人肖像集写下这些话。同时，借此与工作长达29年的部门，做一个告别。

一个部门或许不再令人留恋，同人之间的情怀，却值得珍惜。

继罗雪村退休半年之后，与我同样属猴的邵剑武兄，将在5月1日退休。再过五个月，就该是我。

倒计时开始。

退休的好日子，终于快到了！

写于2016年4月20日，北京

他听见了天堂的钟声

那是20世纪80年代，一天，我随父亲去北京火车站东边看他的老战友张杰伯伯。未想，这位老红军竟认识艾青。随后，他的家人带我去了附近的丰收胡同，见到了这位大诗人。不久，我还幸运地得到了他惠寄的题字。一晃过去30年了，我还珍存着这幅写在巴掌大纸上的墨笔题字：“上帝与魔鬼，都是人的化身。”

那时年轻，不大懂这句话的意思。

后来，我在《人民日报》1980年7月10日副刊上看到艾青以《花与刺》为题发表的十几首短句，除“上帝与魔鬼，都是人的化身”外，还有“时间顺流而下，生活逆水行舟”“朝向光走的时候，不要忘记后面有影子”……

待我有了一把岁数，也有了一点阅历，再回味这些短句，似咂摸出些许难以尽言的人生况味。

作为诗人的艾青，他留下的“为什么我的眼里常含泪水？因为我对这土地爱得深沉……”等名篇，饱含年轻炽烈的情感。

而人老近佛性。当诗人年迈时，历经了太多的磨难与变革，把人世看穿看透后，他很少写诗了。可后来见过他的人都说他头脑仍清楚，说话仍诙谐幽默。这时候的诗人，更像一位智者，所想所写，多了直戳人性的参悟与思辨。晚年，他让人们记住的多是这些带有诗性的短句和蕴含哲思的道理。就像他写的“上帝与魔鬼，都是人的化身”。想想人忽而天使，忽而野兽，人性大体就是这个样子。

1986 年的一天，他说：“天堂的钟声敲响了，我听见了钟声。”10 年后，他去了天堂，而魔鬼去了地狱。

—— 艾青 ——

（1910—1996）

浙江金华人。诗人。

著有诗集《向太阳》《旷野》《北方》《献给乡村的诗》

《大堰河——我的保姆》《反法西斯》等，

论文集《诗论》《新文艺论集》等。

他的灯，也挂在了树枝上

在他晚年的《随想录》里，我看到这样一个巴金。

那是 1965 年 6 月，时任上海作家协会副主席的叶以群组织他写《评〈不夜城〉》的文章，他一再推辞，但最终还是答应了。因为他知道了那是宣传部的意思，当时的宣传部部长正是张春桥。

动身去河内采访前夕，他和夫人萧珊走到柯灵家，向他说明："我写了批评《不夜城》的文章，但并没有提编剧人的名字。"此外，他什么也没讲，但已感到相当狼狈，虽讲不出道歉的话，可心里却有歉意。以至后来，他不愿再看那篇批评《不夜城》的文章，甚至连文章的标题也一直说不清楚。

他还讲过自己在 1958 年"大跃进"时跟着别人说谎吹

—— 巴金 ——

（1904—2005）

四川成都人。作家。

著有《灭亡》《家》《春》《秋》《随想录》等。

牛……运动中，他也曾跟在别人后面扔石头……

这些摘下面具、掏出良心的忏悔，让我看到一个少有的善良的人！

出于善良，他思考自己的软弱。他看清楚了，革命胜利后，必然要镇压所谓的敌人。他恐惧，他屈服了，选择了忍辱负重，就像他笔下的觉新，内心清醒、矛盾，所以痛苦；他又不是觉新，晚年，他不再沉默，当人们都表白自己是“文革”的受难者时，他要自我忏悔，要偿还欠债……

我曾从武康路的巴金故居向西，沿着梧桐树下的便道走向复兴西路的柯灵故居，想起巴金说过的：“托尔斯泰好像在路旁树枝上挂起了一盏灯，给我照路……”其实他也是一盏灯，在为活着的人照着路……

人家写大漠原野，他只写一团草

鲍尔吉·原野话不多，语速慢，多在想事，总站在人群边儿上……听说他和一群同行去俄罗斯采风，人家都去写大漠原野，他却只写了一团草。

一次到襄阳开会，晚上在汉水边散步，同伴发现了正站在渡口外的他。这时，一只渡船刚巧靠岸，游人鱼贯而出。再看他，一动不动地倚着栏杆，呆呆地盯着从面前匆匆而过的人影……不知谁说了句：这就是作家，爱观察人。

就是那次襄阳行，我不经意间认识了这位蒙古族作家。

蒙古人好豪饮，而他滴酒不沾，说喝伤了。

看他抽烟时吞云的情状，就会想到悠悠漫漫的草原。

兴起时，他想唱歌，就唱了首草原上的《摇篮曲》，是他父亲唱过的。他唱歌时，身体一直在摇晃。他的低音很厚，像马头琴……

他一直是手写文章，不用、也不会用电脑。

他说他怕跟有心眼儿的人打交道。

他出版了一本新书，叫《像神一样生活》，他说，原书名是《像鸟一样生活》，编辑改了一个字。他说：“神很累，而鸟多自由自在呀！”

我为他画过几幅肖像，他说线条那幅“真画出我了，那个肩膀、额头都是有思想的”。他说素描那幅“有种悲天悯人的苍凉感……从画上看出一个人美好的品格——善良、专注于远方”……

这些年，他常应邀在各地旅行采风。但我还是喜欢他写的关于草原的作品，如《我的蒙族老爸》《鄂温克诗篇》《民歌中的草原》……我觉得他写出了草原的魂。

他已经定居在沈阳，却形容自己像一粒沙子在异乡的城市飘浮。他对我说：“想来想去，只有故乡最真实。”他的魂，也许就从没有离开过天边的那片大草原。

—— 鲍尔吉·原野 ——

1958 年出生于呼和浩特。作家。

著有散文集《草木山河》《那个叫世界的地方到底在哪》《思想起》《我们生来就是为了含辛茹苦》等。

那个年代，我们都有梦

我没见过北岛，但心动他对20世纪80年代的记忆。

他说：“那时我们有梦，关于文学，关于爱情，关于穿越世界的旅行。如今我们深夜饮酒，杯子碰到一起，都是梦破碎的声音。”

我也是从那个年代一路踉跄欢笑着过来的。和他一样，小到对恋爱、家庭、工作、文学、艺术，大到对社会、自由、尊严、国家、未来……都有梦！那会儿的人呀，刚从漫长的寒夜好不容易熬到天亮，顾不上身心的伤口还在疼痛淌血，就扑向回春温暖的阳光！

就那个年代，各种新的思潮，都在这块解冻了的大地上钻出嫩苗，不管懂不懂，都让人兴奋，让人目不暇接。听说西单有个民主墙，我还跑去看过。也记不清当时是买

— 北岛 —

1949年生，浙江湖州人。诗人。

著有诗集《北岛诗选》《太阳城札记》，中短篇小说集《波动》，译著《现代北欧诗选》，散文《青灯》《午夜之门》等。

过还是在哪儿看过《今天》，我还模仿它在我单位里办了几期橱窗板报，也叫《今天》……后来听说北岛他们还在玉渊潭公园一块松树林环绕的土坡上举办过诗歌朗诵，观众由几百人到上千人……这样的情景也只有那个年代才会出现。

只可惜，那个年代一去就再也回不来了。

所以，每每回想那个年代，也有一点儿“杯子碰到一起，都是梦破碎的声音”的感伤。

几年前，一次去牛汉先生家。他说：“北岛刚走，来送两本新书。”还说：“北岛给人以冷静、深沉、挺拔的感觉。”

虽没见过北岛，可从他的目光里，我似能读到他那一代人除了回忆，还有对今天冷峻的思想。就如芒克所写的：“他两眼直视，眼珠子微凸，就像两颗石头子儿随时都可能弹射出去。”

而从他冷峻的外表，似能读到他内心的孤独。就如他的名字，据说是一位诗友在那个年代为他起的：生长在冷酷的北方，如一座孤独的岛。

写诗应该根据最普遍的人性

“他有一张典型的知识分子的脸孔，高阔的前额，轮廓线条近乎优雅。戴着一副眼镜，后面是一双大眼，他很少眼睛转来转去，甚至很少正眼注视别人，似乎总是限于自己的内心状态……”有人这样描述卞之琳。

1998年9月，我寻访三座门《文学季刊》遗址，想向卞之琳了解当年他编《水星》的旧事。曹辛之夫人赵友兰告诉我，他精神不好、行动困难、手也颤抖得厉害……次年2月，他写了封信来，谈了他1979年陪香港友人找到三座门，还回忆了他与章靳以编《水星》的前后经过……200多个字，有一些难以辨识。想象他晚境的艰难，我很感念他！

1938年他去过延安。之前，他和李广田、何其芳合出了《汉园集》，都成了名诗人。我编副刊时，一位作者写过一篇《战士卞之琳》，照片上的诗人一身戎装。可这段时间很短。他没有像何其芳那样写《我歌唱延安》，也和我见过的一些延安时期的文艺家不一样，他一直沉静地安于一隅，去从事翻译和研究莎士比亚的剧作。这位写下“你站在桥上看风景，看风景的人在楼上看你。明月装饰了你的窗子，你装饰了别人的梦”的诗人，后来却很少再写诗。但有人会记得他这句话：“诗是人写的，写诗应该根据最普遍的人性……不该抱了写诗目的而过某种生活。”他对诗歌的见地与理想，让我明了——谁，该是诗人？诗，该为什么而活？

— 卞之琳 —

（1910—2000）

江苏海门人。诗人、翻译家。

著译有《鱼目集》《西窗集》《英国诗选》《莎士比亚悲剧论痕》等。

国家不幸诗家幸

20 世纪 40 年代，曹辛之是诗人，以“杭约赫”作笔名，发表了诗歌《仇恨的埋葬》《拓荒》《黎明之前》等，为受苦受难的民众呼喊。他和几位同代诗友被称为“九叶诗人”。

1949 年后，不知为何他终止了写诗，转身于书籍装帧。在后来与他的交往中，我忽略了求得答案的机会。

2008 年的一天，曹辛之夫人赵友兰来看望我父母，闲谈时讲到 1958 年曹辛之被打成右派。临近春节前，她到中苏友协门前送别老伴儿到北大荒农场去劳动改造。在一同落难的三四百人里，她看见了老友吴祖光，还见到了也来送行的新凤霞。“我觉得台下的凤霞嫂落落大方，十分美丽。大家相见在这种场合，说不出是高兴还是难过。而在此一别，

—— 曹辛之 ——

(1917—1995)

江苏宜兴人。诗人、美术家。

著有诗集《撷星草》、《噩梦录》、《九叶集》(合作)、

《黎明的呼唤》、《最初的蜜》等,书籍装帧作品有

《苏加诺总统藏画集》《韬奋画传》《新波版画集》等。

是漫长的改造与等待……”

后来，曹辛之成了公认的书籍装帧大家，所设计的作品，有淳厚的书卷气和诗的韵味。我留心过他设计书籍封面的过程：铅笔草图画得规规整整，效果图的色彩涂得干干净净，还有书名，甚至连5号字的出版社名字都要一笔一画写出来。我保留着一本他设计的《战地》杂志的封面设计稿，所设计的效果图与正式印刷出来的封面一般无二。

还有他的篆刻、书法，都达到了某种极致。想想他那一辈文人，在20世纪三四十年代那个动荡的年代里，却多有大成。这真应了那句老话：国家不幸诗家幸。

人生识字忧患始

“人生识字忧患始”，这是陈丹晨应我之请在画像旁的题字，出自苏东坡的诗句。

2014 年巴金诞辰 120 周年时，得其惠赠《巴金全传》。他这辈人与巴金的交往，就像巴金那一代人与鲁迅的交谊一样，令人艳羡。

这本大书，写出巴金坎坷不平的经历，也写出巴金或说那一代知识分子为改良社会，为使人变得善良、美好、幸福而上下求索，继而有过的迷惘、坠失……从中略窥到中国知识分子的一些侧影。我觉得，他写下的文字，也多少投射了他的影子。

听说陈丹晨年轻时是作家里的美男子之一。80 多岁的他，仍身材板正，衣着得体，身上散溢着好像已经不属于这个时代的优雅。有时聚会，我爱坐他旁边，因为他一出口就是一串文坛掌故。但他更愿聊一些当下的事。一次他讲起一个90后大学毕业后不工作，谈了女朋友不结婚，还跟父母要车、要房……他说，现在的年轻人，在追求什么？想来想去想不明白……

陈丹晨老来衣食不愁。但像巴金那一代人一样，他这辈的人也多是不以一己之乐而乐——人生识字忧患始——这或许也是能被称作知识分子的人，其一生总会感到痛苦的缘由所在。

— 陈丹晨 —

1931年生，浙江宁波人。文艺评论家。

著有长篇传记《巴金评传》《走近巴金四十年》，

文学理论集《艺术的妙谛》《在历史的边缘》《美和死亡》，

散文集《生之困旅》《枯荷听雨》《水流何处》等。

越难点着的煤，燃烧得越久

2013 年 12 月 18 日，我参加了陈荒煤诞辰 100 周年纪念会。会上，听到几件有关陈荒煤的故事。

老作家袁鹰回忆，陈荒煤晚年在给他的信里，流露出自己因为全心全意扑在工作上曾被诬为“夏陈路线”，又因为全心全意扑在工作上而放下了写作的复杂心绪。

老作家从维熙讲了一件事。那是他被打成“右派”关进大墙内 20 余年刚刚放归的时候，除了几位难友，唯一走进他 8 平方米小屋的就是陈荒煤。“他知道我劳改挖过煤，这位在‘文革’中也受过迫害、坐过监牢的老人就讲起他的名字，说煤的价值不一样，烟儿煤一点就着，很快就会灭；可越难点着的煤，燃烧得越久。”

文艺评论家白烨也想起一件事，在他还是小年轻的时

—— 陈荒煤 ——

（1913—1996）

湖北襄阳人。作家、电影艺术家。

著有短篇小说集《忧郁的歌》《在教堂里唱歌的人》等，

论文集《为创造英雄人物的典型而努力》，

电影文学评论集《点燃灵魂的一簇圣火》等，

散文集《永恒的记念》等。

候，发表过一篇反批评的文章，引起高层领导的不满，甚至把他与白桦等同。所幸陈荒煤出面说话，保护了作者。那时陈荒煤并不认识白烨其人。

那天的这些追忆，让我看到了一个不一样的“文化官员”，一个有人情味儿的好人。

另外，那次纪念会的请柬信封上印了我画的这幅陈荒煤肖像。那是 1993 年 12 月 9 日，《人民日报》文艺部召开一个座谈会，他来了，坐在我对面。我便拿起笔速写。他发现我在画他时，谦和善意地点点头……

1997 年的一天，我随父亲去木樨地看望他的老战友，顺便去了同居一楼的陈荒煤家，见到他夫人张昕女士。她也是老延安，导演过电影《百合花》。那天，她跟父亲说了一句话让我很感慨，她说：“我们参加革命时，有些东西没有觉得什么，现在看，都是那么美好。比如那时人与人之间，尽管不认识，却是那么亲密无间。”

我想，人们怀念他，或许也是怀念一个逝去的亲密无间的美好岁月。

听着鸡鸣狗叫写小说

陈忠实一脸沧桑，他的脸极易让人联想到黄土塬上的沟谷褶皱。

记得 2010 年 3 月中国作协在重庆召开第七届全委会五次会议，他作为副主席坐在主席台上。一散会，他一边拿出一支“咸阳雪茄”一边说：“憋坏了！”

看着他的一脸沧桑和背后索菲亚大酒店富丽华贵的水晶宫，感觉有点儿拧巴。

想象他脸上的那一道道褶痕，该是被黄土塬上的风吹皱的。

1942 年，他生在关中农村，并在那里长大。20 年后他在农村小学、中学当教师，又在公社和区上工作，他说这让他进入了一个范围更广大的农民社会。40 岁后，他索性搬回祖居地——白鹿原……他说，他和农村天然的联系，已经无法剪断和舍弃。

塬上的风吹皱了他的脸，也让作为作家的他，获得了对中国农民和农村社会的了解和体验。他说，每天，伴着鸡鸣狗叫声，他文思潮涌……

他曾在我为他画的一幅肖像旁题写道：“魂系绿野跃白鹿，身浸滋水濯汗斑。”还在另一幅肖像旁写了句：“白鹿原头信马行。”

他说过，一个50年都生活在农村的人，意向和感觉自然是农村，包括美好的和不大美好的东西，这种情感很难轻易改变，如果能轻易地说变就变忘得一干二净，这人可能有肝有肺就独缺了心。

— 陈忠实 —

（1942—2016）

陕西西安人。作家。

著有长篇小说《白鹿原》等。

方比圆好

从维熙在肖像画旁写道：“圆者自转，方者自安。”他说：“做人行文，方比圆好。”

在与他的交往中，我渐渐对这圆与方有了一些领悟。相比一些文人在“文与仕”互动的外力驱动下，像陀螺一样旋转，展现瞬间的漂亮姿态；方者做人，则有棱角，不偏，不斜，不会左右摇摆。他记得60多年前孙犁对他说的一句话：“不要追风，文学是有情物，只表达生活对你和你对生活的感情。没了情字，也就没了文学……”而孙犁在那个盛行文学作品图解政策的年代，不在政治的季候风中追风变形，依然秉持自己清纯的人文精神，这正是方者自安的写照。我记得以前学画画时老师也讲过宁方勿圆，其道理应该是相通的。

—— 从维熙 ——

1933 年生，河北玉田人。作家。

主要作品有《走向混沌》《大墙下的红玉兰》等。

这许多年里，他以自己20余年的劳改经历为原点，不断回忆，不断延伸思考……当过去早已变成历史，他还牢牢咬住黑暗的尾巴，将被掩饰的罪恶拖拽到世人面前。于是，本是个人的创伤经历，变成了与人的良知相接连的群体记忆。

有时看他悠然安闲地抽着烟的神情，就想起他描写过的："天塌地陷后岩浆筑成的山峰，外表平静而荒芜，可它的山腹，被埋进岩浆下的葱茏草木已然变成乌金王国，蕴藏着能量极大的炽热地火……"

2008年的一天，他送我《走向混沌》一书时，听到他半自语地说了句："等我走了，这本书会留下来。"我心想：会的。他留下来的不仅是书，还是一段人的受难与复活的历史。

一想到他就要落泪

在老报人、作家袁鹰书桌的玻璃板下，一直放着邓拓抄录的那首诗——《告别人民日报诸同志》："笔走龙蛇二十年，分明非梦亦非烟。文章满纸书生累，风雨同舟战友贤……"袁鹰还记得1959年邓拓离开报社的那天下午，在全体工作人员大会上念了这首诗……"我反复吟咏，咀嚼这首诗，尤其是'文章满纸书生累'这七个字，感到五味俱陈……"2012年2月，在中国作协举办的邓拓百年诞辰纪念会上，袁鹰发言，说他作为老邓的一个老部下，40年来一想到他就要落泪……后来，袁鹰在我画的邓拓肖像旁写下："千古文章文字狱"。

我还记下报社一些老同志对邓拓的琐屑记忆。

孟宪谟1950年到报社图书馆工作。"1951年初的一天，正上夜班，老邓进到我办公室，说写社论看看资料。他跟你谈话，没有他在上边你在下边的感觉。他还跟我讲：写文章跟打仗一样也需要武器，图书馆就是我们的武器库。”

老副刊编辑、作家姜德明也讲道：“那时馆藏图书后面都有一张借阅卡片，有好多次我填写借书卡片时，前边都有邓拓同志亲笔填写的名字和日期。”他还清晰记得那年毛泽东当众斥责邓拓是“书生办报”“死人办报”后，邓拓回到报社时戴的帽子都歪了，可见他当时的心情……

报社印刷厂的李文辉也跟我讲过这样一件事：“50年代，一天骑车上夜班，到了大门口，抬着自行车上了几级台阶，刚要用胳膊肘拱门，那扇很沉的大门突然由里面打开了，抬头一看：呦，是老邓呀！他冲我一笑。我当时呼哧呼哧直喘气，连声‘谢谢’都没说。”

这样的记忆碎屑还有很多。只是，如今再难有这样办报的“书生”了……

— 邓拓 —

（1912—1966）

福建福州人。报人、杂文家。

著有《中国救荒史》、《论中国历史的几个问题》、《燕山夜话》、《三家村札记》(与吴晗、廖沫沙合著)等。

宽恕但不会忘记!

认识杜高前，就知道他早年是一位真诚而热情地为新中国献出了青春和才华的剧作家，却无端获罪，受了20多年的磨难。而一些与他一同落难的好友没有熬过来。

可我不解：当杜高听到宣布给他戴上极右帽子、批示对他严加处置送去劳改的两个人在“文革”中惨死的消息后，他为其悲叹；一个阴雨的日子，他赶往八宝山，为一位整肃过他、后在“文革”中被鞭打致死的人送别；饥馑年代的劳改营，他的窝头被一个犯人抢走吞食，饥饿中的他，只是长叹一声……

见到杜高时，他一身西便装，衬着颀长的身材，风仪儒雅；而几盅老酒后，他脸上便漾满微醺的惬意……

对于我的不解，杜高只是轻轻地说了句：“他们，也很

— 杜高 —

1930 年生，湖南长沙人。剧作家。

著有剧本《我会拿起枪来的》《向三八线前进》，

通讯集《战斗在朝鲜》，文艺评论集《战斗和战斗者》

《转折与前进》等，出版《杜高档案》《关于〈杜高档案〉的问答》

《又见昨天》《生命在我》等。

可怜！”我被他这句话重重地击了一下。我也经历过“文革”，那些斗争，那些运动，受到伤害后的怨愤，淤积在心里常常透不过气。心冷了，忽然被他这句话焐暖了；也忽然明白：人是可以这样面对曾经的苦难。

由杜高，我看到一种高贵的力量——宽恕。

杜高已经八十有几了，还经常邀约朋友“碰一杯”。他活得幸福、健朗。有医学研究显示，善良和宽容会使人身心受益。

这几年，杜高相继出版了《又见昨天》《生命在我》等书。在书的扉页上，他写道：“我时时记在心里的，是俄国作家陀思妥耶夫斯基的一句话：我最担心的一件事，是怕我配不上自己经受的苦难。”

这就是我想画出来的心目中的杜高——宽恕但不会忘记！

跟书打交道，过了愉快的一生

《书痴范用》这本书里写到范用派编辑去“诈”张中行书稿的事，让我想起2004年的一天，张中行打电话给我父亲，说来了朋友，一块儿聚一聚，就在一家叫“芝麻花”的小饭馆。父亲后来讲，那天来的一个叫许觉民，另一个叫范用。那年范用已经八十有一，从南城外的方庄，大老远地穿过城区，赶到北城外的祁家豁子，用他的话说，就是为了见见老朋友。怪不得夏衍说他哪里是办书店，他是在交朋友。

许多人都知道范用有“三多”，除了酒多、书多，就是朋友多。他的朋友了得：杨宪益、黄苗子、郁风、丁聪、方成、叶浅予、王世襄、吴祖光、汪曾祺、冯亦代……这些人大多经过大灾大难，但不失真性，越到老，越好玩儿，越可爱。

有一次，我告诉他，刚和方成去看了丁聪。他眼睛一下就亮了：“好久不见了，丁聪腿也摔了……”我随口说：“找个时间，接你一块儿去看丁聪。”他马上欢快起来：“太好啦！丁聪家在昌运宫……还有杨宪益，能去看他们，太好啦！都是老朋友……”

只可叹，岁月不饶人。

“我的朋友都走了，我现在生活还有什么意思？”他也老了，开始嗜睡，不再出门，不再留意仪表。

后来，他也走了。

我保存着他2008年在画像旁的题句：“从梦想到现实，我跟书打交道，过了愉快的一生。”我想，与其说他跟书打交道，莫如说是跟书后面的朋友打交道，过了愉快的一生。

— 范用 —

（1923—2010）

江苏镇江人。编辑出版家。

著有散文集《我爱穆源》《泥土脚印》等。

漫画是骂人的！

方成年轻时说话啥样不知道，老了就是这样口无遮拦："别人看什么顺眼画什么，我是看什么不顺眼画什么。""我就画骂人的。"此话话糙理不糙，何况这年头，谁不是说好听的。

可说归说，你看那些利己小人、贪官孬官，在他笔下无不可憎又可笑。他的笔从不带脏字，而且每根线条、每个造型，都极富韵味与机趣。画《武大郎开店》，缘起他一段被压抑的经历，自古至今像武大郎这样的人从未绝迹。他把笔锋戳向那些唯我独尊、以权压人、嫉贤妒能的人，而幽默文雅的笔调又让人会心一笑。所以，看他的漫画，心里不舒服的少。

生活中的老方，一个字：逗。一次，我请他写自己的

漫画是骂人的！

—— 方成 ——

1918 年生，广东中山人。漫画家。

主要作品有《不要叫“老爷”，要叫“公仆”》《面币图》《武大郎开店》等，随笔集《方成谈幽默》《幽默的水墨》等。

闲章，他立马答应：“行，我一写出来，准逗！”然后又来一句：“我写好喽，到时一敲锣——‘哐哐’一响，你就来拿。”嘿，他拿我的姓抖了个包袱。有一次上门，见他正在吃花生，我便打趣道：“您牙口真好！”他回了句：“反正牙也不是我的。”老方八十几时，还骑自行车呢。一次路遇，见他拄根拐棍儿，不由得好奇，他便自嘲道：“我不拄棍儿，他们不把我当老头儿……哈哈哈！”

但了解老方身世的人都知道，他也曾饱经生活与政治磨难。正因他天性乐观，所以，他骂人也好，逗人也罢，皆怀善意，自然于人于世于己有益。怪不得他长寿，活到望百之年，还能写能画。这不，他儿子发来微信，上有老方新作《大肚弥勒佛》，旁有打油诗：“人生本来事就多，鸡毛蒜皮一大箩；谁有弥勒胸襟阔，笑看平地起风波。”落款：2014 年 12 月 9 日九七叟方成画并题。

八十后，还想着重踏天山路

老领导范敬宜尊称冯其庸先生为“宽堂学长”，他们早年都就学于无锡国学专修学校。我就是奉老范之命去冯老家取稿之后，与他有了交往。

冯老的学问，我无法望其项背，因此每次去看他，心里都有点儿发怵，觉得难以对话。所幸冯老跟我从不谈学问上的事，就闲聊一些社会见闻，有时也说一些家常的话题。

冯老坐在沙发上，腿上盖着毛毯，扶手边放着一根拐棍。他讲过自己早年的生活，“一到秋天，南瓜就是一家人的口粮”。也许就因为穷困，他的腿被汽车撞伤，有个好心的医生要给他看病，可他不好意思白让人家看，白拿人家的药。医生说，等你老了，会难受的。结果现在一到晚上，腿就疼……

一次，冯老讲到杨宪益，说杨宪益有段时间比较落寞，他就托艺术研究院的一个熟人给杨宪益捎去两瓶好酒。杨宪益收到后打电话说了两句话："酒收到。我明白。""我知道杨宪益那样做是为这个国家，他是一个纯粹的人。"冯老感慨道。

又一次，他说，想寻找一位小学教师。原来，有一位叫李山的宜昌小学教师仰慕他，让女儿代他来看望冯老。恰巧那天访客多，冯老没有与那位教师的女儿说上几句话。后来教师女儿打电话来，他误以为是一个不喜欢的商人来纠缠，就在电话里训斥了几句，等醒悟过来电话已经挂断了。他感到愧对那位小学教师，就写了首诗代寻人启事登在宜昌的报纸上……

在与冯老闲聊中不经意间听到的这些小事，让我感受到这位学者寻常的一面，以及曾经的贫苦对他为人治学的影响。

我为冯老画的这幅肖像，承情不弃，他在画旁自题诗云："风雨相摧八十年，艰难苦厄到华巅；平生事业书诗画，一部红楼识大千。七上昆仑情未了，三进大漠意弥坚；何时重踏天山路，朔雪严冰也枉然。"冯老这年八十又二，仍心存壮志。

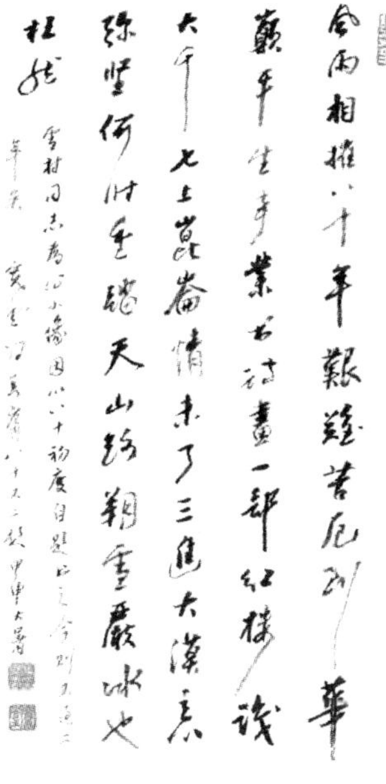

八十后，还想着重踏天山路

—— 冯其庸 ——

1924年生，江苏无锡人。学者、作家。

著有《春草集》、《逝川集》、《梦边集》、《曹学叙论》、《夜雨集》、《剪烛集》、《墨缘集》、《脂本〈石头记〉研究》、《曹雪芹家世新考》（增订本）、《论红楼梦思想》、《瓜饭楼重校评批红楼梦》等。

最美的死亡

在纪念冯至先生诞辰110周年座谈会上，我听到一个故事。

1993年，冯至先生病重，所在单位中国社科院的一位领导去医院探望时问他：最后还有什么要求？这是一个惯例，以体现组织上对病人和家属的关怀之意。令他颇感意外的是，冯至先生并未谈及一点一滴个人及家庭的事，而是用尽气力讲了此时的所思所想：过去读过的文学作品里，对死亡的描写都显虚妄，现在自己躺在病床上，对死亡有了切身的体验，就想写出来……

多少年后，这位领导忆及此事，仍不免动情地说："冯至先生直到最后，仍没有忘记文学，他是一个真正的诗人、纯粹的诗人！"

—— 冯至 ——

(1905—1993)

河北涿州人。诗人、学者、翻译家。

著有诗集《北游及其他》《十四行诗集》,

中篇历史小说《伍子胥》,散文集《山水》,传记文学《杜甫传》,

论文集《文学与遗产》《论歌德》等,

译著《德国,一个冬天的童话》《海涅诗选》《布莱希特选集》等。

人，少有不惧怕狰狞的死神的。但这世上，也确有例外。

那天，戏剧家童道明也无限感慨道：“人的死亡也可以是美丽的。歌德将死前，让把所有的窗户打开……契诃夫垂危时，喝了一杯香槟酒……冯至先生临终前，说他想写一首关于死亡的诗……这是最美的遗嘱！也是最美的死亡！”

冯至先生一生留下许许多多的作品。而他的死亡，如西方古代传说中天鹅临死时发出的最后的美妙歌声一样，也是诗人最后的“天鹅之歌”。

我一定要等到妻子去世后再走

关于高莽，有些小事印象很深。

在一个文学活动的开幕式上，主持人舒乙逐一介绍嘉宾，当介绍高莽时，怎么也瞅不见他，最后扬着脖子才看见躲在人群外的高莽，“噢，他在那儿画速写呢！”顿时响起一片掌声和笑声。

丁聪讲，高莽一来他家，除了谈天就是翻阅书架上的画册……能感受到他的勤奋。一次，高莽来我家，我在厨房忙活，半天没听见他的动静，原来，他跑到书房捧着《陀思妥耶夫斯基传》在看，还掏出一个本来，说：“我得抄一句话。”

高莽在20世纪50年代画过不少油画，他家里挂着他画的母亲、夫人及女儿的油画，色彩造型功力很强。可后来不知何故他主要画钢笔画和水墨画了。一次，听他夫人闲聊中讲，她对油画的调色油过敏……原来如此！夫人失明后，一直是他和女儿照顾。他说："我一定要等到妻子去世后再走，哪怕晚一天、一个小时。"对家人如此，对师友也一样。有人听说他有茅盾、巴金等作家的书信手稿，找上门要收买。他说："我就是穷死也不会卖的。"

高莽望九了，女儿也叫他"高老"了。他一度背弯了，精气神儿差了，还蓄上了胡子。漫画家方成笔下"整天咧嘴大笑，老远一看像个大小伙子"的高莽哪儿去了？

但我知道，高莽不会轻易退休的。2015 年 10 月，白俄罗斯女作家阿列克谢耶维奇获得诺贝尔文学奖后，即刻就听到高莽向记者谈他对获奖者和其作品的印象与评析。

高莽 87 岁时，在他的"人文肖像画展"上，充满自信地对大家说："我不知道自己还能活多久，但活一天就不放下笔，因为绘画、写作和翻译，是我生命的一部分。"

高老不会老！他又把胡子刮掉了。哈哈——上帝还不待见他！

—— 高莽 ——

1926 年生，哈尔滨人。作家、美术家、翻译家。

著有散文随笔集《久违了，莫斯科！》《妈妈的手》《灵魂的归宿》《圣山行》等，传记文学《帕斯捷尔纳克》，译有剧本《保尔·柯察金》《臭虫》《澡堂》《冈察尔短篇小说集》等。

去掉人旁不做官

这幅高士其坐着轮椅的肖像，是依据我父亲遗存的一帧照片画的。

忘了父亲是怎么认识的高士其，但记得父亲讲高士其打克朗棋的趣事。高士其自己不能走，得由护士晃悠他，然后一推，才能走两步，连木偶都不如。在他家打克朗棋，先给他拿好杆儿，摆好棋子儿，护士又使劲儿晃悠他，然后他才能打一下。吃东西也得晃悠晃悠喂一口……母亲说她第一次见到高士其时还有点儿害怕呢，他只能“嗯嗯喔喔”地跟人打招呼。他家里净是红领巾和奖状……

我是在很久以后读到高士其之子高志其的一篇文章，才更多地知道了他的经历。最初，高士其在美国学的是化学，因为姐姐得了流行性传染病而死，他转而攻读细菌学

— 高士其 —

（1905—1988）

福建福州人。科学家、科普作家。

著有《细菌的衣食住行》《菌儿自传》《生物界的小流氓》《细胞的不死精神》等。

和公共卫生学。在一次实验中他不幸感染，病毒进入了他的小脑……即使这样，他仍坚持学完了全部医学博士课程。1930 年他回到上海，在进行性瘫痪的困扰中，他为国人翻译了《细菌学发展史》等著作，同时开始了科普写作。

他一度出任南京中央医院检验科主任一职，待遇不薄。但当他目睹官场社会如此腐败糜烂后，便辞掉了官职。他在发表科普作品时，将原名“高仕镇”改成了“高士其”。何意？他说：“去掉人旁不做官，去掉金旁不要钱。”读到这段文字，我不禁心生一叹：像高士其那一辈文化人，现在到哪儿还能找到呢？

我喜欢欧化的诗

2015年9月25日，妻子说："昨天是顾城59岁生日，网上有人写文章纪念他……"顾城小我一岁，他若活着，也是老人了。他走了那么多年了，还被人们记着、怀念着……

我记得"文革"后期，父亲老战友的儿子介绍我到朝内小街文化部宿舍史习习家学画石膏像。后来，我把顾城也带去了。晚上，六七个人围在一起画大卫，边画边唱《马赛曲》。间歇，拉上窗帘，或听黑胶唱片的外国乐曲，或传看一些如《印象画派史》之类的"禁书"，并热烈地讨论艺术……有个叫马克鲁的大朋友突然问顾城："你喜欢什么诗？"顾城答："我喜欢欧化的诗！"一片哄笑中，顾城一脸的认真。

顾城个儿不高，剃个小平头，穿身旧军装，特有礼貌。

后来，我们仍常在一起画画。再后来，都大了，忙着立业，联系就少了。他的诗，我读的不多，但有一首小诗我特喜欢，名字不记得了，诗里写道：“天是灰色的，地是灰色的，楼是灰色的，雨是灰色的，在这一片死灰当中，走来两个小孩，一个鲜红，一个淡绿。”它让我回忆那个灰色年月时，眼睛一亮。

1989年的一天，忽然收到他的一封信。信里除忆及“一起到河边写生，去画两个金眼睛的小姑娘……”的旧时光外，还写道：“人干什么并不重要，关键是合乎本性。”他又提起“写诗仍用些纸条边角，在国内最好的是用退稿笺的背面”的事，让我想起他有一段没工作，挺难的，为了挣稿费，连县级刊物都去投稿。

作家王安忆描述后来的顾城：戴着牧羊人的帽子，烟囱似的，像是从旧牛仔裤裁下一截，这成了他的标志。于是想起他以前送我的一张照片：他从火车车窗里探出身子，仰头做呐喊状，那时的他就挺标新立异的。

我也一直没弄清楚，他是活在真实的世间里，还是梦幻的人生里？

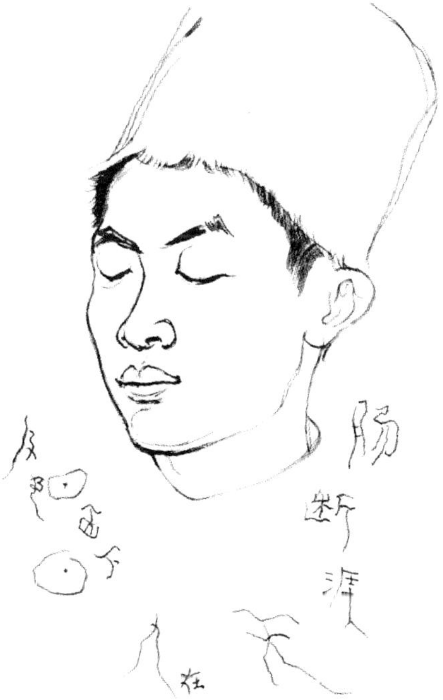

— **顾城** —

（1956—1993）

生于北京。诗人。

著有诗集《黑眼睛》《白昼的月亮》《北方的孤独者之歌》等。

他坐在那，有一种沉甸甸的分量

我与顾骧并不熟悉，只是在一些诸如纪念张光年、陈荒煤的会上见过他。我主动上前问候，他也表现出诚挚的热情。至于我为什么愿意亲近他，一下子说不清。每次见他安坐在那里，手扶拐棍，总能感觉到有一种沧桑的历史感和沉甸甸的分量。我常远远地带着敬意凝视他敦实的体态，想着那里面装着多少文坛往事，翻腾着多少历史烟云。

2013 年的最后一天，他来电话，说收到我为他作的画像，欢迎我去他那里坐坐……可惜，我错失了倾听他的机会。

不过，有一次，在中国现代文学馆参加一个会议，他的坦诚直率给我留下很深的印象。那天，他早早地坐在了会议室里。他先和袁鹰议论着墙上挂着的郭沫若、茅盾、

他坐在那，有一种沉甸甸的分量

— 顾骧 —

（1930—2015）

江苏盐城人。文艺理论家、文学评论家。

著有《蒹葭集》《新时期文学纵论》《晚年周扬》等。

老舍等十几位现代文学大家的照片，说也该有张光年、周扬的位置。等中国作协的领导进来时，就听见他向他们郑重地提了这个意见。他的神情谦和又毫不怯声怯气，透出老派文人的“范儿”。

记得在《炎黄春秋》杂志的迎春聚会上也见过他，那些人多是为国家忧心忧虑的人，他也应是这样的人。听说他走得很突然，这位早年投身抗日的新四军老战士，因为级别不够被贻误了治疗。大家说起来，只有唏嘘悲惋。

他坐在台阶上，垂着头……

作家从维熙讲过一个故事。1994 年，浩然等人到美国访问。一天，在华盛顿航天博物馆参观时，突然不见了浩然。出来一看，他坐在台阶上，垂着头……他是对背后这座人类飞天科学博物馆没有兴致，甚至后悔不该飞到美国。当时我悄悄拍下的一张照片，留下了他孤独的背影。

一说起浩然，就会想到那个灰暗的年代里出现的一个“艳阳天”、一条“金光大道”。我也是从那个年代懵懂过来的：一边是“合作化”“大跃进”“人民公社”，是“我们走在大路上，意气风发斗志昂扬……”；一边是“瓜菜代”，“三年困难”，“浮肿”，饿死的人，斗死的人，魂影飘得哪儿哪儿都是……可也奇怪，那会儿的人，活得那么难、那么苦，却不乏虚幻的理想，而那片“艳阳天”，无疑给“不仅肚子没吃的，脑袋也饿”的人，一点儿虚幻的精神支撑、一点儿贫窭的生命滋养。

那个灰暗苦难的岁月早已过去，而遗留的是是非非，却难以扯清。

2000 年 1 月的一天，我在三河县浩然的“泥土巢”见到了他。他话不多，偶尔笑笑。后来到一家娱乐城吃饭，同坐一桌。大家谈笑间，他只是安静地坐在一边，偶尔跟着笑笑。我感觉到他坐在这里，一定不如坐在农家炕头儿那样自在。所以，说他是农民作家，或是一个本分的郊区农民——“很贴”。

浩然一辈子都没有嫌弃农民和土地，但又无法接受现实农村的“新人新事”，他念旧、执拗，最终没能走出那个六七十年代。

他去世后，我是许许多多自发去送别的一个。那天，一个叫侯书玉的河北农民用麦子、玉米穗和水稻为他扎了一个大花篮……

在一个雾霾天，我又想起浩然的“艳阳天”，想起他坐在台阶上，垂着头……一阵怅然，一片茫然……

他坐在台阶上，垂着头……

— 浩然 —

（1932—2008）

生于河北唐山。作家。

著有长篇小说《艳阳天》《金光大道》《苍生》等。

对人爱，

是极艰难又极易失败的学习

“那些年，在胡同里老看见他。老头儿个儿不高，胖胖的，平常走路在肩上扛根儿棍儿，后边挂个破书包，哼着小调，见人就聊几句……”发小滕雁军家也住西裱褙胡同，常去何其芳家玩儿，记得他家书特别多。

我姐姐曾在北京东风市场中国书店旧书门市部工作过，也见过何其芳：他站在书架前看书，戴着像啤酒瓶底那么厚的眼镜，埋着头，鼻子尖儿几乎贴在了书页上。

1998年访问诗人何其芳的遗孀牟决鸣，她讲：在延安第一次见到何其芳，没想到写出《画梦录》的大诗人，竟又矮又胖……

1976年，他刚64岁，就已老态龙钟，走路要人扶了。

对人爱，是极艰难又极易失败的学习

— 何其芳 —

（1912—1977）

重庆万州人。诗人。

著有诗集《预言》，散文集《画梦录》等。

陈荒煤见到他时，“简直想象不出总是让人感到精力饱满、从来乐呵呵的其芳会变成这个样子”！

通过阅读了解到，年轻时，他吟诵月夜、微风、睡莲、檐影、流萤……这微妙纤细的情感被抗战的炮火淹没。他的诗，不再是梦、爱情和自然，他成了党的文艺战士，一度与周扬、林默涵并称红色文论的“三驾马车”。可文学与政治、作家与党性、歌颂现实主义与批判现实主义、人性论与阶级论等，对这位被毛泽东称作“认真”的老实人、书呆子而言，是很艰难的选择。在泛政治化的社会文化环境里，他不由得摇摆、犹疑、矛盾，甚至有道不出的苦衷，他步履蹒跚了……不由得想起他说过的一句话：“对人爱，是一种学习，一种极艰难又极易失败的学习。”

他是……那个人

甘把乌纱帽放在桌子上办报的，胡绩伟是一位。

20世纪80年代末期，他因谏言犯上，迭遭重压、打击，最终，如老作家袁鹰所说，近于被“革出教门”。

政治斗争，我搞不清。可我见过晚年的他，一位至死都在思辨的智者。他在我为他画的肖像下面写下“沉思”二字。他老伴儿狄沙说，画出了他的倔强劲儿。他80到90岁时，写下200多万字的文稿；步入96岁那年，在《元旦报平安书》里，他向朋友们表达：“我还是不甘心从此搁笔，在我心中还有几个题目可写，更还有几本书可编……”他还是一位待人和善的老者。报社印刷厂里一位老工人讲，大家都叫他“老胡”，没人称他社长。一次，在报社澡堂，一个小年轻叫他：“老胡，帮我拿块儿肥皂来。”他乐呵呵地递过去。哈哈哈，说者听者都笑了。

家人说他去世前头脑清楚、精神愉快、食欲好，过了96岁生日后，平静地走了。

我想起2008年10月3日，报社十几位老同志为庆贺他92岁生日聚餐的情景。席间，老职工刘衡山站起来说："从外表看，老胡是一介文弱书生，但他的骨头很硬，他有一颗真诚正直的心……"老报人罗尔庄即兴说："由老胡的经历，我想到安徒生童话《皇帝的新衣》里那个小孩儿，老胡就是我们这个社会里说皇帝没有穿衣服的那个人，他用良知唤起千千万万人的觉悟……"

我还想起报社一位老领导对我肯定地讲：老胡的党性源于人民性，人民性高于党性——是对的！

对这位有争议的老人，有人问：他留给了我们什么呢？我想，再读读安徒生的那篇童话，也许会有所领悟。

—— 胡绩伟 ——

（1916—2012）

生于四川自贡。报人。

著有《胡绩伟自述》《胡绩伟自选集》《一生追求老时醒》等。

几乎每天记札记

一次，在胡可书桌上看到一摞纸片，上面记着或长或短的文字。他说：“我现在几乎每天记札记。”在战争年代他就养成了观察各类人物心态并记札记的习惯，现在年纪大了，很少出门儿了，就观察周围的人，觉得有意思的，就记下来。比如身边的工勤人员，都是农村来的，散步时聊天儿，问他们怎么来的，有说托关系，有说使了钱……“这是中国社会的一个现实，不是有个词儿——熟人社会”。

1959年，他写了反映华北农村土改和合作社的《槐树庄》，后来拍成了电影，我小时候看过。记得里面有个地主儿子，出去当了革命干部，等他回到家乡，却看到自己家被清算了……后来我听父亲也讲过，1948年他在冀中定县大陈村参加土改时，见过“闻香队”，就是村干部组织几

实践，认识。读书，独立思考。

— 胡可 —

1921年生，山东青州人。剧作家。

著有《戎冠秀》《战斗里成长》《槐树庄》《习剧笔记》《剧事文稿》《敌后纪事》等。

个贫雇农专门围着地主富农家转悠，一闻到饭菜的香味就去报告，然后上门抄家。父亲还见过贫农团吊死地主，村里的一些“二流子”，把所谓的地主吊起来，一边吊一边问：“看见蒋介石了吗？”若说没看见，就继续往上吊；若说看见了，绳子一松，那人“嘭”的一声掉下来……很惨！

胡可听了这些后对我讲：本来通过土改，让农民分到土地，成立农会，提高他们的觉悟，是好事，但也有“村村点火，处处冒烟”的做法。这些需要历史地看，也正是农民为了保卫自己的土地和得到的好处，积极参军，你看牺牲的不都是农民子弟！现在再去责备他们……说到这儿，他摇摇头。

我画这幅肖像时，他已九十有二，但衣领紧扣，利利落落。在画旁，他写下这样一行字：“实践，认识。读书，独立思考。”

漫画是要画思想

评论、记述华君武的文章，官方、画界已很多，我就三言两语记下几件点滴小事。

听报社老工人李文辉讲，20世纪50年代，在煤渣胡同礼堂，一有京剧演出，华君武就早早过来。在后台，他坐在一边看人家化装，一看就是两个小时。

听画家侯一民讲，他去看老华，天南海北聊得正欢，突然，老华说："打住，我要上课学习了。"哈哈，原来电视上要播侯宝林的相声了。

华老讲，钱锺书、杨绛和他住得很近，散步遇见时，就边走边聊。"人家是有真正学问的，我呢，对自己是有估价的。我送过杨绛一本书，因为熟也不怕她笑话。没想到，杨绛说她看这本书看到凌晨。我知道，不是因为我写得好，是因为书里面有我的生活，而我的生活恰恰不是她的生活。”

他的文章都不长，也不拿腔拿调。他说，我这个人不会写东西，可我有个办法，不敢说诀窍，就是像画漫画一样扬长补短。

一次聊天，他说从广播里听到市民反映有不少人放塑料风筝，他觉得这会造成新的污染，为此找过绿化部门，可那里不管。之后一天，我听北京电台的新闻热线，一个熟悉的声音在说街上看到的市政问题。最后主持人特别告诉听众：那是漫画家华君武。就想起他常说的那句话：“我改不了狗拿耗子的习性。”

2001 年 10 月间，他收到一位宁夏下岗女工的信，说她要开一家画店，想请他题写店名。很快，他不仅为她写了店名，还为她画了两幅画寄去。他与她素不相识。

2004 年 5 月的一天下午，在他家大院门口，我远远地望见他拄着拐棍儿，慢慢走到公交车站，停下，仰头好奇地看着什么，样子像个天真的孩子。我问他刚才在看什么，他说：“我现在老了，好多事不明白了……”

—— 华君武 ——

（1915—2010）

生于杭州。漫画家。

主要作品有《磨好刀再杀》《永不走路，永不摔跤》《杜甫检讨》等。

一次聊画，他说了句：“漫画是要画思想。”这话我一直记着。报社年轻编辑约我画漫画，我不敢。编辑说：“你就随便勾两笔。”我说：“不是那么简单——漫画是要画思想。”

他老了，想画画，可手已经不听使唤了。“着急也没用，画不出就是画不出嘛。”他带着不舍，走了。

我很怀念他。

我从小就是个人道主义者

对黄宗江，第一印象，就是他眯着眼睛机巧、机趣地开怀大笑。

“来喽！”一口京腔。“我家不用换鞋，随便踩。”“我是书有三窝却无斋”……听着就想乐。还有逗的：他生前嘱友人拟悼词，要写成单口相声，让大家哄堂大笑，最后把骨灰倒进马桶……哈哈哈！他去世后，来送别的人，最后看到的仍是他眯着眼睛在笑。

但他也有瞪眼的时候。出书时，出版社将他关于张志新的章节删掉了，总编请他谅解。“我不谅解！张志新，了不起的共产党员！”“那您不要点我的名。”“点你的名？你算老几呀！”他面色凛然。

在他写的《艺术人生兮》一书里，有篇《舞台赋》，演员最后一次登台演出谢幕时，“空台、空台，给人带来无限的感伤、忧伤、哀伤……”我看到了喜剧背后的他。

还有一个印象，就是他逢人便讲——人道主义。他说：“我从小读冰心、巴金的书，对人类善良的东西有无限的憧憬，我从小就是个人道主义者。”至晚年，他对人性、人道、人权，一切带“人”字号的都想探究。只可惜，他老了——“我想当学者，这辈子来不及了”。

2009年10月，他写了一篇散文，讲述他在莲花池畔观看家鸭野鸭、白鸭灰鸭和睦嬉戏时，想到公刘、白桦等友人在曾经的政治运动中的不幸遭遇，不免由鸭际社会联想到人际社会：“我是多么向往与天和、地和、人和，其乐无穷！不能不斗时，斗也是为了和。一语蔽之‘以人为本’！”

— 黄宗江 —

（1921—2010）

生于北京。剧作家、表演艺术家。

著有剧作集《舞台集》，译著《嫁接集》，

电影文学剧本《农奴》《海魂》，散文集《卖艺人家》等。

我就没有把它忘记

1995 年早春的一天，我随妻子回她母校北大踏青。午后，我们坐在俄文楼西面的长椅上，闲望四周的嫩绿鹅黄。一位一身蓝布中山装的老者，手提灰色布袋，从不远处缓缓走来，又向远处徐徐走去。妻子告诉我，那是季羡林。

两年后，我们走进朗润园他的家。季老依旧一身蓝布装。

记得 2009 年 3 月 18 日那天，我和徐怀谦、王玉芳到 301 医院探望病中的季老，这幅肖像就是那天所画。在回来的路上，也是北大出身的怀谦说了句："季老是一个心和气暖的人。"他曾不计前嫌，任用"文革"中整过自己的人。

回来，我读了季老 80 岁后写的《牛棚杂忆》。书中记述了他有恩于的两个"及门弟子"，"文革"中对他"口出恶言"、"动手动脚"、"拧我的耳朵"和抄他的家，他还

— 季羡林 —

（1911—2009）

生于山东清平县（现临清市）。学者、教育家、作家。

著有《天竺心影》《朗润集》《牛棚杂忆》《赋得永久的悔》等。

坐了“喷气式飞机”、戴高帽游街、蹲牛棚，他想到死……

但他终于活了下来，活到近百岁。他说自己是在脑筋开窍、认清那场在极端绚丽面纱下极端残酷的悲剧的那一天起，就没有把它忘记。于是，他写了《牛棚杂忆》。他希望留给后人的这本“用血换来的小书”，不是仇恨和报复。他说那是一面镜子，可以照见人的恶和善、丑和美，照见绝望和希望……当然，他也没有忘记恩将仇报的人：他们伤害了别人，也伤害了自己。

也许，没有遗忘，就不会有宽恕；但放下仇恨，不等于放下历史。不知那些负罪的灵魂在仁慈的宽恕中，能否早日得到救赎与安宁。

搞学问就像滚雪球

这幅速写是1976年我在农村插队时，有天晚上回家，见贾兰坡伯伯正和父亲聊天时所画。贾伯伯和父亲20世纪50年代就相识了，后来两家又同居一院，闹“文革”时，他夫人曾和我姥姥一块儿作为“黑五类”被勒令扫大街……“文革”后期，他经常和父亲凑在一起“喝一盅”。贾伯伯虽是搞古人类学研究的，但在生活中一点儿也不古板，说起话来很见性情。

记得他讲“文革”开始，考古学家裴文中去看大字报，回来讲了四句顺口溜：“多时不见诗人面，一见诗人丈二长；不是诗人丈二长，缘何放屁在高墙？”裴文中说说也就罢了，还抄下来搁在玻璃板底下，那不自找倒霉吗？父亲叹道：“这就是知识分子的——‘呆’。”

贾伯伯只是初中毕业，没念过大学。1936年，他在周口店连续发现三个“北京人”头盖骨。他是最早的学部委员，后来的中科院院士。他讲自己二十几岁时，在地质调查所当过见习生，在协和医院进修时给人打过字……“我兜儿里老装着几块骨头，一有空就摩挲摩挲”。他钻过300多个山洞，说干他们这行的要常年跑野外，不仅苦，还冒险。他也编了个顺口溜：“远看逃难的，近看要饭的；一问勘探的，再问科学院的。呵呵呵……”

他90岁后，还借着放大镜在写书，是“大科学家写给小读者的”，叫《悠长的岁月》。他说：“搞学问就像滚雪球，越滚越大，不滚就化。”他用毛笔给我写了一幅，我至今还保留着。

— 贾兰坡 —

(1908--2001)

河北玉田人。古人类学家。

著有《山顶洞人》《周口店——北京人之家》

《中国古人类大发现》《爷爷的爷爷哪里来》《悠长的岁月》等。

奴隶还有自己的灵魂

我读了 2002 年 5 月 23 日《文学报》郑重写贾植芳的一篇专访后，悲情难抑，便给他写去一信，对他因“胡风事件”蒙冤时不肯反戈、宁被下狱不肯苟全、终不悔过的气节，表达敬意！特别是他面对法庭正式判决时说的那段话：“我们坐了十多年的牢，就是相信历史会公正对待一切……我犯了什么罪？胡风犯了什么罪？”感佩他活得倔强，用他的话说：“活得像个人！”

随信寄去了我为他画的一幅肖像。

不日，收到他的回信。他写道：“收到来信，如面对故人。”他说那幅肖像画令他“十分欣悦”，并为画像写了一句话。还有一个细节：他写在复旦大学信纸上的字迹，笔画歪歪斜斜、大大小小，实难辨认，说它天书也可。算

— 贾植芳 —

（1916—2008）

山西襄汾人。作家、学者。

著有《狱中狱外》《历史的背面》《人的证据》《契诃夫的戏剧艺术》等。

算他写这封信时，已经 87 岁，到了“从心所欲，不逾矩”之年。不过，老人可能想到了这一点，随信另有一纸，字迹整齐易认，原来，是有人把他的信誊抄了一遍。后来才知道抄信人是他的侄外孙女。想到让这样一位为人正直、善良的人蒙冤受罪，真是罪过！

后来，收到他惠寄的《一个中国知识分子的肖像——贾植芳画传》，这幅肖像也放在了里面。

他为画像写的那句话是：“我是奴隶，你们是奴才，奴隶还有自己的灵魂，你们连灵魂也没有。”

你听故事，得收费呀

说到姜德明先生，就想到“散”字。不仅因为他的散文我爱看，在我印象里，他还是个散淡的人，说着散淡的话，写着散淡的文，做着散淡的事。

一次路遇，他说去寄信，“我还是习惯用邮筒寄信……”看着他的背影，想象着他写完信，折叠好，塞进信封，粘好封口，写上地址、姓名……这种老派的人不多了。

我不善与人交往，但姜先生不一样，想看他时，总是——“有空，来吧，欢迎”。

我爱听他散淡的聊天。

他写过一篇《索画》，讲的是画家苗地的趣事。一次，他又闲扯出几件“天上掉馅饼”的事。

一天，他去看画家丁聪，碰巧丁聪要去日本访问，正认认真真地画寓言画备做礼品。“得，画多了，送你一张。”“呵呵，我捡了个漏。”

“画家叶浅予以前送过我一幅画。1981年解波去采访他，回来又带回他的一幅画，说是送我的。之前，我并没有向他求画。”

“80年代初一个会上，漫画家华君武听着没意思，便在一张纸上用钢笔画了一个小夜壶，上面有‘日不落’旗，那时英阿马岛之战刚打完。他画完就送给了我。多少年后，他又给我寄来一张画。”

一次，他在整理孙犁的信，便讲起去孙犁家，“孙让家人‘去，抱个瓜回来’。不说买，这是农民的语言；赶上孙犁吃包子，馅是小肉丁，还让我尝尝……这也是农民的习惯”。

“这样的老人不多了。”他还玩笑道，“你听故事，得收费呀！”

这幅肖像画旁，他戏题一首打油诗：“平生无大志，愿做平凡人；久违旧书肆，空居藏书名。”

关于肖像画，他也有妙句：“线条越少越好。”

—— 姜德明 ——

1929 年生，天津人。作家、报人。

著有《绿窗集》《清泉集》《与巴金闲谈》《余时书话》《书叶集》《书边草》《难忘王府井》等。

他拥有的矿藏太多了

与李辉总感觉亦近亦远。说近，1990年我到人民日报社文艺部，就与他同在一个楼层办公，后来又换到一个大平台，只有四五米之距；说远，印象中他总是在忙，但到底忙什么不大清楚，只是远远地观望。每隔一段时间，同事们就能获赠他的一本新书。有一次，一位老同事向新同事介绍他“著作等身”，有人开玩笑：“他幸好没长一米九的个儿，哈哈……”到外面开会或出差，总有人问起袁鹰、姜德明、蓝翎、李辉，不免滋生一点儿自豪感。

他现在依然很忙：写传记，做翻译，开专栏，会朋友，搞演讲，去旅行……一天，收到北方文艺出版社寄赠的《新世纪谁还忧伤》，作者又是他。这是一本访谈录，或者说是他和一些文化人聊天儿的书，一翻，篇篇有看头儿。在

— 李辉 —

1956 年出生于湖北随县(今随州市)。作家、学者、报人。

著有《胡风集团冤案始末》《沧桑看云》《百年巴金》

《绝响——八十年代亲历记》等。

读者见面会上，白岩松说：“已经不习惯祝贺辉哥出新书了，因为他总在出新书……因为他拥有的矿藏太多了。”

他还爱留东西。我就看到他保存的几乎所有看过的剧目节目单。他自己也讲：“我从小爱藏东西，10岁时的地图一直留到现在，连中学同学的信都没扔……”

我留有一本他为母校随县一中1974届同学毕业30年后重逢而做的纪念册。印在上面的一帧帧有些模糊的黑白照片，让他的同学和老师看到昔年的自己，听到旧时的歌声，重温往日的友谊，也让我多少明白了一点儿他忙碌的意义——历史就在每一个人的身上。问题是能不能像他那样留住它。

绿意青葱

2009年11月的一天，李瑛坐在书房里，书桌上摆着已故妻子冯秀娟的照片。他说："60年了，老伴儿，突然就没了……"他说诗人屠岸来信，讲他老伴儿也走了10年了……字里行间满是安慰。

他为亡妻写了首长诗，写他们是两片漂游的浮萍，偶然相遇就再不分离；写他有一天突然发现，他们已倏忽变老，"望着彼此的满脸沧桑，我们搀扶着，偎依着……"但命运无情，代表老伴儿生命的那片叶子飘落了……

"妻子走了，带走

我的肝和一小块心脏……"

2015年6月的一天，他坐在客厅里，我和同事与他相对而坐，相视而谈。他说起自己仍不会用电脑写作，我们戏称，这对收集手稿的人反倒是件好事。那天，得他惠赠的新诗集《河流穿过历史》《李瑛诗选》等，年轻的同事还意外获赠他的数页诗稿手迹。还是那天，也谈到他的女儿李小雨……

2015 年 2 月 11 日，代表女儿李小雨生命的那片叶子也飘落了……满头白发的他扶着灵柩，最后一次抚摸女儿的脸、女儿的头发……

“现在，女儿也走了，带走

我的胃和一小块心脏……

如今，我空旷的胸腔

只剩最后一小块心脏

挣扎着怦怦跳动。”

如今，他一个人自己照顾自己，他的家、他的衣着，还是那么干干净净、利利落落。手虽然抖了，字迹枝枝杈杈，像心电图似的难以认清，但笔仍放不下。在 2015 年第 8 期《人民文学》杂志上，人们又读到了他的组诗……

记得 2011 年 1 月 10 日，参加《李瑛诗文总集》出版

— 李瑛 —

1926 年生,河北丰润人。诗人。

著有诗集《野战诗集》《难忘的一九七六》

《我骄傲,我是一棵树》《出发》《河流穿过历史》等。

暨李瑛诗歌创作座谈会时，我的同事、文学评论家王必胜对我说：李瑛是“诗坛常青树”。秋至叶渐黄，本是生命常态。可普希金高歌过：“我的灵魂在留下的诗歌中，将比我的生命活得更久长……”看他八旬后写出的《比一滴水更年轻》《燕山三章》《生命礼赞》……你不由得感佩他旺盛顽强的生命之树，即使飘落两片叶子，仍绿意青葱。

他提着个布袋子来了

2006年元旦，回家，母亲正在看一篇梁晓声写民工的文章。拿过来细看，是2005年12月16日的《报刊文摘》，写他坐民工列车去西部，与一个要去做矿工而其父已死于矿难的小伙子一路的交流和感触。

印象中的他，就是这样一位平民作家。

1994年冬的一天，我随父亲和北影的潘文展伯伯去他家做客。他住在一幢20世纪80年代盖的简易宿舍楼里。房间陈设简朴，易于亲近。潘伯伯指着一张铺着白色塑料布的折叠圆桌告诉我："晓声就在这儿写了《年轮》《雪城》……"

从他的衣着、谈吐中能感觉到他对豪奢本能地反感。他说过：当出入高级宾馆时，会条件反射地想到自己贫寒的童年，想到底层民众的命运……

次年5月的一天，他又随潘伯伯来我家做客。那时他正被颈椎病困扰，但仍和我父母聊得很热乎，也可能他知道我父母经历的不幸。后来，偶尔在什么场合遇见他，便会听到他对我父母的问候。

对他还有一个有趣的印象：2014年底，报社文艺部举行作者编辑座谈会，他来了，手里提着个布袋子和众人打着招呼。我笑了，想起以前听人讲他随团出国访问，在机场会合，就手提一个纸袋子来了……

那天会上，他讲了一件小事：自扫楼道。因为整个单元楼道上下，除了他，再没人扫了。他想用自身行动影响他人。结果，一个邻居对他说了两个字：休想！“我不仅是作家，还是一个文化人。我常看北京电视台的《第三调解室》，那里面的人，亲情都没了……看来我们的文化‘化’人出现了问题！”

那天会没完，他就提着布袋子走了。也好，因为会后有豪华包间会餐，他一定不喜欢。

多年前，我为他画了这幅肖像，他说：“画得很像呀！”那天会上，他的眉头就像画里的他一样，总是紧皱着。

— 梁晓声 —

1949 年出生于哈尔滨。作家。

著有《这是一片神奇的土地》《今夜有暴风雪》《雪城》等。

他静静地睡去

“他喜欢安静，不大喜欢甚至怕电视台来访打灯光，可他又不好意思回绝人家……”林庚的女儿林容说。

林庚家在北大燕南园的边上，是栋老房子。他在这里居住了近60年。我妻子讲她在北大念书时，往返图书馆和宿舍楼，经常穿过他家的院子，他家院门总开着。

1998年9月的一天午后，我走进他家。院子里种了些向日葵，还有一丛青竹。屋里的家什都是暗色的、老式的，墙皮的白也变成灰色了……散溢着久远的隔世的味道，或像有人说的，他是“喧闹时代的隐退者”。

听他轻轻地讲20世纪30年代的旧事：“郑振铎最初办《文学季刊》是在自己家。丰子恺漫画的序是郑振铎写的，可以看出郑的为人。郑回上海后，编辑部搬到城里的三座门，

—— 林庚 ——

（1910—2006）

生于北京。诗人、学者。

著有诗集《夜》《春野与窗》，

专著《唐诗综论》《中国文学简史》等。

主要是靳以在办……我毕业后给朱自清当助教，1934 年到城里教课，到三座门去过几次，在那里常碰到沈从文、曹禺，曹和我是同班同学……季羡林，好像还有吴晗、燕大的冰心都给季刊写过稿。季刊的诗歌是我组稿，印刷在上海。北京是文化城，工商落后……清华的图书馆，一进门是大理石台阶，地板软软的，很漂亮，学生可以随便进书库，'文革'时我去看大字报时还有……"

他散漫地讲着，我好奇地听着。

他曾写有一信，抬头是"雪村君"，仍是那种隔世的老派的味道。

他活到 90 岁时，笑答朋友们的关心：一条是一切都是身外之物，再一条就是多吃胡萝卜，"可是现在胡萝卜的质量是越来越差了……"引起会意的笑声。

2006 年 10 月的一天，入夜时，他静静地睡去。那年，他九十有七。

那声音，我一辈子不会忘

很多年前，和刘庆邦一同去焦作。他话很少，同行的一群人聚齐等车时，他总是一个人静静地站在边上。

后来，又一道去襄阳。晚上乘船游汉江。大家边唱歌边赏景，有说有笑。回头看他不声不响地坐在最后边，有时低下头，不知在想什么。

一天，参观完，几个人坐在树下歇息聊天儿。

问他：“你小说里的那么多故事哪儿来的？”

他答：“有听来的，有想象的，当然也有亲身经历……比如童年生活对写作的影响就很大。”他讲自己 9 岁时赶上三年困难时期……他从小没了父亲，母亲带着六个子女度日……他写过大姐结婚时，家里只有两间草房，穷得连一块支鏊子的砖头都找不到……他略带忧郁的性格或许就形成于这样的人生，而这也成为他小说的情感资源和情感动力。

对他，我更想记住的是 2014 年 2 月的一天，他打来电话，说了两句拜年话后，问：“你母亲好点了吗？”

“我母亲……刚刚没了。”

“哎呦……哎呦……”电话那头，他刺心一般的哀声，那声音，我一辈子都不会忘。

我说母亲去年患病后，我就开始为她记日记。他说他也有关于母亲的日记。

我找出他写母亲的那篇散文《石榴落了一地》：“我没有马上进屋，站在雨地里，注目对石榴树看了一会儿。石榴树似乎也认出了我，仿佛在对我说：‘你回来了！’我说：‘是的，我回来了！’想到我以前回家，都是母亲跟我打招呼。而现在迎接我的只有这棵石榴树，我的双眼一下子涌满了泪水。”

我被他对母亲的忆念抚慰着、温暖着……也使我对母亲的思念变得温润和美丽。

— 刘庆邦 —

1951年出生于河南沈丘县。作家。

著有小说《神木》《红煤》《黑白男女》等。

看破，即放下

小说《伤痕》发表那年，卢新华24岁。

2011年播映的电视剧《雪花飘飘》，重现了《伤痕》发表后人们四处找报纸、刻蜡板传阅的历史场景；还有一个七七级中文系女生假托母亲重病，请假偷偷去见卢新华……

我见卢新华第一面是在2009年10月的一天，约定在北土城地铁口。他体态适中，一身西便装，很干练的样子。当晚，他又叫上复旦同学李辉等在小馆一聚。席间他笑称《伤痕》是因缘而成。听之有理：没有苦难就不会有伤痕。李辉也爆料他手里仍有卢新华的几封信……大家说说笑笑很尽兴。吃完饭，他又跟我聊了很多。

他讲在美国街上散步时，发现许多人家的车库里堆满

— 卢新华 —

1954 年生，江苏如皋人。作家。

著有《伤痕》《财富如水》《伤魂》等。

了日积月累的杂物，而本该停放其中的汽车却只能在外面任凭风吹雨淋……幸好这些杂物会经常被主人清理出来，以拍卖形式引来热衷淘旧货的人……他由此想到每个人的内心都有一个车库，因为欲望多了，什么都想要：财富、官位、名利……结果呢？人的健康、人生的快乐却没有了放置的地方。他觉得人应该经常静下心来，花点儿时间和精力，把内心“车库”里堆积的杂念，做一番清理和扫除……

那段时间，因父亲患病我经常往来医院，看到太多病人与疾病搏斗的情景，而他们的结局常常是在疾病与治疗的双重折磨中离去。他劝解我，人不要只想着与疾病做斗争，还应考虑如何与疾病和谐相处……后来见有医生也讲过类似的话：疾病和人体是种子和土壤的共处关系……

那晚，他还说了句：“人呀，看破，即放下。”

这话听着有点儿宿命感，但也带有佛性和禅机。

他长我一岁，那年也已五十开外了。从 20 世纪 70 年代《伤痕》到半个世纪后的《财富如水》，感觉他似放下了……

一个被拧巴的人

路翎这幅肖像是2009年一个深夜，在安贞医院抢救中心观察室陪护父亲时画的。病床上年迈的父亲革命半辈子，后半生却被革命团皱了。或许是同病相怜，在画这位20世纪40年代曾是最有希望成为大家的小说家，却无端蒙冤，被戴上镣铐，成了那个时代的受难者时，画笔拖出的线条不由得滞涩又纷乱。

我并未见过路翎，只是从他那一辈人的回忆里，看到这样一个人："他成名很早，是公认的有才华的作家……这么年轻的一个人，1955年被捕后，被关在牢里，成了这个样子。他有时也出去散步，但找不到回家的路。"（《牛汉自述》）"他除了想着为这个世界辛勤地劳作，似乎从没有想过还应该索取什么报偿。50年代他高兴地退回国家发给他的200元工资，只领取20元的生活补贴；80年代他被邀请到外地参观，主人在软卧包厢迎候他，他却提前挤坐在一节硬席车厢里……”（杜高《又见昨天》）

看着画中那个面颊凹陷、眼神昏暗的人，就想起他朋友的哀叹：“那个曾经笑声很大、性格开朗的路翎再也回不来了……”

— 路翎 —

（1923—1994）

出生于江苏苏州。作家。

著有小说《财主底儿女们》《饥饿的郭素娥》等。

他活得——苦哩！

因为《人生》《平凡的世界》，因为“巧珍”“高加林”“孙少平”，我挤在一车嗓音瓮瓮的“哦”“上哪搭儿”“做甚”的老少爷们儿婆姨中，去了陕北的清涧、延川……

就想看路遥，可惜他走了。

我找到了路遥住过的土窑，在那个山沟沟里，还看望了他衰老的生父母和孤零的养母。

又脏又破的窑洞里，土炕上一领破席，地上一层黄土；除了电灯泡，没有值钱的家什——“哦娃——苦哩！”硷畔上还挂着冰柱，一条发白的土道，穿过沟底，延伸到远处的公路，又通往更远的县城。矮墩的大娘（路遥叫养母“大娘”）提着篮子，就从这条土道走到县城，给上中学的娃儿送去洋芋擦擦……

—— **路遥** ——

（1949—1992）

陕西清涧人。作家。

著有小说《人生》《平凡的世界》等。

1991 年，路遥回家时对大娘说：“你别怕，等我有钱了，就给咱修孔新窑洞，让你过几天好日子。”

“娃把哦哄下哩。”大娘坐在土窑前的石台边，大娘想儿哩！

我给矮墩孤零的大娘撂下 300 块钱，心才稍安。

走在延川县城一条泥泞的碎石板路上，站在一孔孔窑窗的教室前，我看到了“孙少平”，看到了他眼里的嫌弃与怨恨，看到了贫穷的无辜和纯洁。

坐在一处朝阳的土坡前，听着一位盲人吼着嗓子唱“人人都说咱二人天配就，你把妹妹闪在半路口”，我又看到了“巧珍”，又听见“高加林”在从城里回乡的山道上的那一声高喊：“我的乡亲们哪！”

还是在那个山沟沟里，遇见一个娃儿，他背着布袋子书包，站在一条沟壑形成的弯道上，正歪着脸蛋蛋、眨着毛眼眼好奇地望着我——这娃儿从哪儿来？他平常得就像这黄土塬上的一棵马兰草、一块黄土圪垯，我又像看到了路遥，看到了他的人生。

从前，黄土塬上的光景呀——苦焦、凄惶。可那里也有麻纸上贴满的红红绿绿的窗花，也有山丹丹、兰花花和悠长的信天游……所以那里就走出了路遥，他在那个贫穷的地方，追寻到心灵的高贵与富有。就如他说的："我们出身于贫困的农民家庭，但永远不要鄙薄我们的出身，它给我们带来的好处，将一生受用不尽。"

因为《人生》《平凡的世界》，因为"巧珍""高加林""孙少平"……我常常想念遥远的陕北，想念那片黄土高原！

我也常常想到路遥，他就是陕北，他就是高原！

不写东西，我会难受的

2009 年 9 月 30 日，在上海火车站候车，买了张《东方早报》消遣，得悉诗人绿原逝世的消息。回京后，收到诗人单位人民文学出版社寄来的讣告，里面写道：“绿原同志家属表示：哀事恰逢国庆、中秋佳节，唯恐给各位领导、同仁和生前好友带来诸多不便，遂决定绿原同志丧事从简，不举行告别仪式……”读罢，不免心头一热。

后来，听住他楼下的牛汉之子史果讲，绿原去世后，他们家很低调，邻居敲门也不开，电话也不接，胡风女儿只好把电话打到他家了解情况。

我见过几面晚年的绿原，他说话声调轻轻慢慢的，笑起来很和善，是个安安静静的老人。《东方早报》上称赞他是“40 年代青年的歌手”，他的抗战诗作常被青年们在上

不写东西，我会难受的

—— 绿原 ——

（1922—2009）

湖北黄陂人。诗人、翻译家。

著有《人之诗》《另一支歌》《我们走向海》等。

译著有《论浪漫派》《浮士德》等。

海等地的群众大会上朗诵……可见那个年代人的激情澎湃。到1955年，他却因所谓的“胡风反革命集团案”被捕，之后是20年的监禁和劳改……与他几次交谈，他多讲正在做的事情：“我经常做两件事，一件是写诗，我醒得早，不起床就思考，一起来就上电脑，把想好的打出来；另一件是，写想写的文章……”随后又听到他说了句：“不写东西，我会难受的。”他当时的神情，我到现在还清晰地记得。

我画过一幅他坐在电脑前写稿的速写，虽是侧影，但他写作时的神情感染了我，便在画上即兴写了句：“思想落在键盘上，蹦跳出一串串诗行。”

我画出的这些词
都是无特点的公共用语

我存有一份雷抒雁对几首小诗的点评。

2011 年 3 月间，我收到一位作者寄来的诗稿，因有编辑对此稿有异议，我就托人转给抒雁，想听听他对这几首小诗的意见。很快他就转回，三页纸上，每首小诗旁都密密麻麻写了不少话，有肯定，但我更看重他的坦见。对《飞翔》，他写道："感觉是好的，但凭空想象飞翔，显得空泛……"对《春水》，他评道："这首诗写春雨，长了，也便散了，你不能把雨中的每一种景象都罗列出来，要找到特点……"特别是对《怀念雪》，他直言："写诗最忌一般性抒写，雪的迟到会引起一种渴盼，缺了这种渴盼，就少了激情。"他又在这首诗里挑出"轻盈""精灵""乐章""奇妙""舞蹈"

等词，画上线："我画出的这些词都是无特点的公共用语，诗人要有自己的创造。"

这让我记起沈从文看到一位作家写景总用"鸟语花香""桃红柳绿""大地回春""风和日丽"……时，问作者："你看见的春天呢？你自己的话呢？"

我感激他。留有他字迹的这三页纸会时常提示我自问：讲好自己的话，真的很难吗？

我画出的这些词都是无特点的公共用语

— 雷抒雁 —

（1942—2013）

陕西泾阳县人。诗人。

著有《漫长的边境线》《云雀》

《小草在歌唱》《丝织的灵魂》等。

他写“鬼”，却成了鬼

一次，与原北京幻灯制片厂编绘室老同事聊起孟超，才知道他是1926年入党的老革命，很早就参加了左联，和蒋光慈、阿英一起组织太阳社，还与冯乃超、夏衍一道创办艺术剧社，是著名诗人和剧作家。1949年后他一度当过编绘室主任。没想到，他写的一出鬼戏《李慧娘》让他遭了难。

1959年，听到毛主席讲要写鬼、不怕鬼，文学研究所的何其芳等“遵旨”从中国过去的笔记中选编了一本《不怕鬼的故事》，宣传毛主席的这一思想。孟超便借鉴京剧《红梅阁》改编创作了昆剧《李慧娘》。这是一出鬼戏，讲的是南宋权相贾似道有个姬妾李慧娘，受到贾似道的凌辱，后被贾似道害死，死后变为鬼魂复仇，最终冤情得以昭雪

他写"鬼"，却成了鬼

— 孟超 —

（1902—1976）

山东诸城人。作家。

著有诗集《残梦》，小说集《冲突》，

杂文集《长夜集》《未偃草》，历史小说集《骷髅集》，

历史剧《李慧娘》等。

的故事。

该剧1961年8月在长安戏院公演，深得戏迷欢心。《人民日报》还发表了《一朵鲜艳的“红梅”》。“南有《十五贯》，北有《李慧娘》”，这两出昆剧被誉为戏改“推陈出新”的典范。

但应了那句老话：福兮祸之所倚。随着政治气候的瞬变，这出戏即被打成“反党毒草”，孟超被放逐到湖北咸宁劳改。

老同事王大豪讲述他在咸宁五七干校看见的孟超：“那是1969到1971年里，当时我们17连和孟超在的20连挨得很近。那地方几乎天天下雨，每天早晨，都能看见一个很瘦、很弱、很老的老头儿深一脚浅一脚地去茅坑掏粪；还看见过那老头拿着铁锹吃力地修着泥泞的路……有人悄悄告诉我，那老头是孟超。看他穿着破棉大衣，露着仅剩的牙齿，人不人，鬼不鬼的。”

老同事陈旭说起孟超：“他挑着粪桶，压得他呀——真可怜！他那个饭盒，也不刷，那里面看着，哎呀——真可怜！”

记得老同事汪钰林20世纪80年代画过一幅《李慧娘》：灰冷的色调，托出一个素装女子，一个美妍无语、微而不弱的幽魂。多少年后，我问他当年为什么画她，他说："李慧娘是冤鬼，孟超也是冤鬼。在咸宁干校，天天下地，他排在'牛鬼蛇神'的队里。看他瘦得就像一根'猴皮筋儿'……"然后，老汪又说起田汉、邵荃麟，又提起孟超："他们死得都特别惨，所以画李慧娘，是因为世间的冤鬼太多……"

挨过饿的人会有这个吃相

画过三幅莫言的肖像。

2007年画了第一幅。他穿着短风衣，双手插兜，向着家乡的方向凝望……正巧这年参加“中韩文学论坛”，听他在发言里讲到“孤独”“饥饿”“尊严”，还讲到母亲……会间莫言出来抽烟时，问他刚才讲母亲用洗衣的棒槌敲打野菜的事，他说，那根棒槌捶打的野菜是带刺的……那天，他在肖像旁写了句：“画得比本人有风度！”我感觉到了他的礼貌。

次年，又画了一幅他畅笑的瞬间。同事徐怀谦也是莫言的老乡，他说，虽然像，但莫言很少这样笑，又说了句：“笑并非莫言的真实状态。”听出言外之意。

2011年画了第三幅，觉得情态更接近现实的莫言。第

— 莫言 —

1955 年生,山东高密人。作家。

著有《红高粱家族》《檀香刑》《丰乳肥臀》《生死疲劳》《蛙》等。

八次作协会期间，请参会的王必胜带去给莫言看看。随后读到他在画旁写的四句打油诗：“画人容易画鬼难，此句专门对莫言；雪村漫笔成妙趣，勾勒轮廓见天然。”必胜不无遗憾地笑道：“忘了把莫言一边端着酒杯一边写字的状态拍下来……”

第一次见莫言是2006年9月11日在社科院举行的“大江健三郎专题文学研讨会”上。那天，他穿了西装系了领带，但仍脱不了高密东北乡农民的相态。他写过一篇《谈“吃相”》的文章。他儿时赶上饥馑年代，吃过发了霉的红薯干，吃过扎嘴的野菜团子，吃过白色的土，还吃过煤……“听来不像是真的，但毫无疑问是真事！”他说。后来，见到吃的，他总会迫不及待、生怕吃不够似的疯抢……

我与他同年生，也挨过饿。他说：“饥饿的岁月使我体验和洞察了人性的复杂和单纯……当我拿起笔来写作的时候，这些体验，就成了我的宝贵资源。”对他的“吃相”和这句话，我感同身受。

你越打击我，我越要抗争！

没想到牛汉也画画。一次，和同事去看他，我为他画速写，他兴起，也为同事画了一幅。他观察到同事的眉毛——很美，还为她起了个笔名“王眉”。

他说小时候想学木刻，1938 年在西安跟艾青学过画画。我看他画的阿赫玛托娃、帕斯捷尔纳克等诗人的肖像，坦率地讲，都不大形似，但有神韵。他的笔触很粗、很硬，不犹疑，很合他的性格。

牛汉这一生，经历过战争、流亡，特别是后来的饥饿、囚禁、苦役……借他的话：身上到处是血口子。有人劝他“识时务”，他不！“我的性格顽强而不驯服。你越打击我，我越要抗争，形势越严峻越能写诗，写出有血性有个性的诗！”

听说，外面有的会不敢请他参加，怕他讲话让一些人难堪。我敬佩他敢讲真话。他对我说：“在我的自述《我仍在苦苦跋涉》里，有些话仍没有讲，书里还删去了一些话……”

记得一个冬日，我在八里庄街上遇见他，觉得他走路慢了。他坦言：真老了，不如从前了，但庆幸——脑子不糊涂。这时期，他思考：什么是人？什么是诗？什么是历史？思考使他痛苦，更使他对人、对诗有了历史的彻悟，随之而来的是他一声声重重的叹息……

他去世后，他的家人把他收集的几块石头摆在遗照旁。他说过：石头不会沉默，你打它，它会冒火……

我画牛汉，一定要画出他根根凸起的筋脉，画出他铮铮有声的骨感——的确，他到最后，脊梁没有弯。遗体告别时，他躺在那儿，像“枫树直挺挺的，躺在草丛和荆棘上……”

你越打击我，我越要抗争！

—— 牛汉 ——

（1923—2013）

山西定襄人。诗人。

著有《悼念一棵枫树》《华南虎》《半棵树》等。

他也很不幸

“你的事情我知道，现在看，不应该这样处理你。不过，你的脾气也是大了点儿。这样吧，回北京后，你来文教委员会找我……”

父亲晚年，忆述他的倒霉史时，讲到了邵荃麟。

20 世纪 50 年代，父亲因抗拒领导的专横，按党章规定写信反映问题，逐级转呈中央。时任政务院文教委员会副秘书长的邵荃麟看到了这封信。

那年夏天，在北戴河，父亲遇见了他。“他瘦高个儿，有个毛病，睡觉时不能见一点儿阳光……我学游泳就是他教的。晚上，一块儿下跳棋，聊聊天儿……他挺同情我。后来听说他也很不幸。”

2006 年 12 月 4 日，中国作家协会举行邵荃麟百年诞

— 邵荃麟 —

（1906—1971）

浙江慈溪人。作家、文艺理论家。

著有小说《英雄》《宿店》，专著《论主观问题》，

译著《被侮辱与被损害的》等。

辰纪念座谈会。会上，我听到王蒙讲邵荃麟“文革”被隔离时，终夜无眠地咳嗽……邵燕祥也说：“我最早知道邵荃麟是在上中学时，看到他翻译的陀思妥耶夫斯基的《被侮辱与被损害的》，那时候很多人能跟着共产党，就是因为有那么多被侮辱被损害的人……邵荃麟在1957年保护了人啊，要不，中国作协的反右运动会更惨烈……邵荃麟是一个好人。”

后来读韦君宜的《思痛录》：“我们文艺界死得最苦的莫过于田汉、邵荃麟，全都被捏造为投降过国民党。邵荃麟病倒不能大小便，干在裤子上，他们也不准医治一下。”邵荃麟最终冤死于狱中，据说死后一年才通知家属，领到的只有沾着血迹的棉袄、棉裤，而骨灰已不知扔到何处……

我告诉父亲邵荃麟的种种遭遇，父亲叹了一口气：“这人的命呀，真说不清……”

他怕忘记，也准备忘记

“这是燕祥。”老作家袁鹰拿着这幅肖像，一下就认出了老友。

邵燕祥写过四句诗：“一声呵斥出西厅，唾玉喷珠已血腥。我亦曾经沧海客，文章虽贱骨非轻。”

关于这首诗，有个故事，也是听袁鹰讲的。那是1984年，在京西宾馆第四次作代会上，丁玲在批评邵燕祥的一篇文章时说了过分的话，邵燕祥就写了这首题为《即事寄袁鹰》的诗……

我喜欢后两句，就请他写在了画旁。

其实，丁玲和他都是曾被打成右派的“沧海客”，那件往事早付笑谈中。

但当年那个意气喷发的诗人至今仍可亲可感。

“我说一句有些人可能不爱听的话，在座的年纪在50岁以上的人，几乎没有没整过人的！我也曾积极参加过各种政治斗争……我对人的判断改用道德标准，你若是政治人物，不遵守政治道德，就是一个政客……道德是有底线的——不伤天害理！”2006年12月4日，邵荃麟百年诞辰纪念座谈会上，他不用讲稿，随想随说，我随听随记。那天，现代文学馆综合大厅里坐满了人，其中还有几位身居高位的领导。

他的文人意气不减当年。

我保留一本他的自述，是对故都北京的回忆。他写的“吉祥戏院”“八面槽”“骑河楼”“麻线胡同”……那些乌瓦墙砖、柳絮榆钱儿、卖小金鱼儿串胡同的吆喝、卖豆渣糕揭锅的甜香……不禁让我这个“老北京”随着他的记忆洄游旧时，吸吮着他书中散溢的人间温润的情味。

那些胡同已经消失和即将消失，他只能留下白纸黑字，他怕忘记，也准备忘记……

— 邵燕祥 —

1933 年出生于北京。诗人、杂文家。

著有《到远方去》《含笑向七十年代告别》《蜜和刺》《超越痛苦》《忧郁的力量》等。

让我静静地写

有熟悉孙犁的人讲，20 世纪 50 年代，孙犁认识的一位诗人被打成“胡风分子”，他以为那不过是思想学术上的问题，便替这位诗人说了一些好话。未料，开会时，他眼见公安局来人把诗人抓走。“他第一次见这阵势，脸都吓白了。回到家里，他坐立不安……”他经历过抗日战争，但这件事对他心理的影响是深重的。我想起老作家叶君健夫妇，1955 年，胡风夫妇被捕，因为是他们帮助胡家找的住处，“我俩也像惊弓之鸟，不敢和外人联系，只有踏踏实实地工作，一切听天由命”。50 年后，叶君健夫人苑茵仍心有余悸。

孙犁晚年喜独处，不尚热闹，害怕照相，深居简出，人总像躲在书的后面……老作家黄秋耘说孙犁是千方百计避开政治，说他心里可能有种说不出来的恐惧感，使他变

— 孙犁 —

（1913—2002）

河北安平人。作家。

著有《风云初记》《铁木前传》《荷花淀》《曲终集》《耕堂读书记》等。

得消沉、与世隔膜……

记得 1994 年 4 月的一天，我和同事去看孙犁。我请他为报纸题写一个栏目。他坐到书桌前，然后说：“你们不要过来看，让我静静地写，一有人看，我就写不好。”彼此会意地笑了。但印象中他晚年脸上的笑意很少。

1995 年收到他的文稿，名为《耕堂题跋》。文不长，特别的是，那 200 余字是写在一张从信纸边上裁下的小纸条上的。我在副刊老编辑姜德明处见过孙犁给他的来信，也多是写在这样的小纸条上。后来知道他有这样一个习惯，比如有人找他题字，他会找出一张写过字的宣纸，然后从抬头边上小心裁下一条……又想到他经年包书皮的习惯，想到他后来写的文章，多是像小纸条一样的精简。

他这样仔细、怜物，让我联想到他的出身和先人“敬惜字纸”的传统，这样老派的文人，其身上的古意，现在基本无存了。

啊，香喷喷的大粪啊！

1982 年的一天，父亲的几位老战友来家一聚。那天，我第一次见到田间。他个子不高，穿一件中山装，肤色较深，不喝酒，话也不多，感觉不出是被闻一多盛赞过的“擂鼓的诗人”那种派头。

有段时间，田间时常写信来约我父亲去他后海北沿的家。后来听父亲讲，田间曾被“歌德与‘缺德’”的事弄得心情不好。父亲生性乐观，他愿意与我父亲说话。

他后来得了骨癌，住进友谊医院。我不懂事，还去病房请他为一本我设计装帧的书题写书名。我喜欢他的毛笔字，线条细挺有劲，与众不同。

记得父亲讲过一件趣事。1942 年春节过后，正在西战团的田间来到狼牙山下的岭东村。“我们当时都朗诵过田间的诗，像《你为什么不当兵》《七月小唱》《当兵谣》，也有高尔基的诗，还演过曹禺的《日出》。因为田间爱用农民的大白话写诗，很通俗，有同志就笑话他，我也当着他的面学着别人开玩笑——啊，香喷喷的大粪啊！”多少年过去了，父亲讲起来，仍很开心。

田长生 1973 年为父亲田间画过一幅油画肖像：诗人头裹白毛巾，像个河北农民。由此想到臧克家写给田间的诗句：“我们还未曾见面，我就认识了你：羊肚子毛巾裹着头，奔走在烽火燃烧的北地……”

我也画过他的一幅肖像。他的夫人葛文阿姨说：画像画出了田间晚年的神态。

田间 1985 年病逝。老作家孙犁说他“是一个忠厚的人，真诚的人。这种人，目前并不是随处都可以遇到的了”。

啊，香喷喷的大粪啊！

— 田间 —

（1916—1985）

安徽无为人。诗人。

著有长诗《给战斗者》《他也要杀人》，诗集《赶车传》等。

晚歌如水

屠岸先生是《人民日报》副刊的老作者。2014 年伊始，91 岁的他又写来元旦献诗：

“……

哦！迎太阳，从地平线升起，每天，

每天，都横扫腐恶，阴霾，暴戾，

……”

读来不由得被他饱满激扬的诗情所感染。

与他接触多了，看到他在待人接物和家庭生活中无意间处处流露出这个时代已近绝迹的温良品行和仪态教养。

一次，开车接他一块儿去鲁迅文学院参加《开卷》组织的活动，上车前，他小心地蹭蹭鞋底……我感受到了他的细心和礼数。

—— 屠岸 ——

1923 年生,江苏常州人。诗人、翻译家。
著有诗集《萱荫阁诗抄》《屠岸十四行诗》《哑歌人的自白》
《深秋有如初春》,评论集《倾听人类灵魂的声音》
《诗论·文论·剧论》等,译著《鼓声》《莎士比亚十四行诗集》
《英美著名儿童诗一百首》《济慈诗选》等。

我留有他的数封信件。一次，听他跟友人闲谈时讲：“每天除了完成约稿，就是写信，因为来信都要回的，这是礼貌。”凡到访过他家的人，都会对他送客总要谦恭地送到楼门口记忆尤深。

还听过一个故事。一次，他的儿子为赶火车顺路搭乘了一段他单位的车，因着急没打招呼就下车跑向车站。为此他专门开了一次家庭会议，讨论儿子为什么没有向司机师傅道声谢……这件小事让他的孩子们懂得了一辈子都要尊重他人。

还有一件小事。那年他知道我的母亲患病后，特意在电话里说了句：“照顾好你的妈妈。”让我心里热乎了很久。

屠岸先生 90 岁后，仍在写诗，写诗评，写诗论，还经常不用家人陪伴去参加各类文学活动。他的发言，像他的文章一样干净，不打磕巴，声调也像吟诵一般美妙。一位到了望百之龄的老人，还能如此享受生命，怎不令人赞佩。

一次会上，主持人介绍他是“著名诗人、翻译家”。他平和地说：“我是个普通的诗爱者、诗作者、诗歌翻译工作者。”

他女儿章健说：“我父亲一辈子就是心态平和。”

2015年初，收到他惠寄的新诗集《晚歌如水》。捧读封面：一片浅湖蓝色衬底，就像没有一丝波纹的水面，洁净安宁；书名只是竖排的一行小字……自然联想到屠岸先生谦和安详的心态。

其实，他这一生也经历了许多风霜雨雪，他能够平静地走过来，健康地走到今天，或许就像他鼓励自己的孩子那样：做自己喜欢的事，按照自己的人生轨迹去生活，不求功成名就，只希望做对国家有用的普通人，做快乐生活的人。晚歌如水，这应该就是他生命之树常青的原因之所在。

要叫就叫我“老谭”

此老谭非一般平头老张、老李、老王，他曾身居中国第一大报《人民日报》总编辑的高位。

此老谭又同一般平头老张、老李、老王无二，在单位大院相遇，一声“老谭”，随便得很。

听一位同事讲，他刚调来报社时在《讽刺与幽默》当见习编辑。一天，只他一人在办公室，老谭敲门来送稿，他不认识老谭，当时就指出他的讽刺诗里有个地方写得不妥。老谭连说“是是”……

听另一位同事讲，他来报社不久，总编辑就请他和另几位新同事到其办公室来“认识一下”。他们没有想到，这位“谭总”对面前几位毕恭毕敬的新同事自我介绍：“以后，你们不要叫我‘谭总’，要叫就叫我‘老谭’。”

— 谭文瑞 —

（1922—2014）

广东新会人。报人、诗人。

著有《多刺的玫瑰》《冷嘲热讽集》《无腔野调》等。

2013年的一个双休日，在报社门口碰见他和夫人要去看望朋友，正在等女儿开车来接。心想，他是正部级，有专车，还有专职司机……他女儿讲："我爸爸不愿意麻烦别人，结果，我成了他的司机。"

老谭为人宽厚，写的诗却带刺。他以"池北偶"之名写过很多讥讽官场劣迹、丑陋世态的诗……笑中带憎，讥弹讽喻，读来痛快。

不觉间他就老了。

他家墙上有副字："躲进小楼成一统，管他春夏与秋冬。"

他家客厅有个落地台灯，上雕三只猴，一只掩耳，一只捂嘴，一只蒙眼，他说这叫：不闻，不言，不看。

这是他老后的心境？

他91岁时，为我画他的肖像抄了一首打油诗："冷眼热肠察世情，是非曲直看分明。不会作诗学打油，针砭时弊刺歪风。言语辛辣虽刺耳，总是有声胜无声。"

觉得老谭心有不甘。

他改过的校样要被贴出示众

我到报社后，就听到老编辑讲王朝闻一件出了名的事——改稿，说他写的稿子，经常被他自己一遍一遍地改成大花脸……

后来，他也成了我的作者，我也得以见识他的改稿。他每次寄来的稿子，多是在对前稿改了多遍后的新稿上面，依然又留下不少刚刚改动的痕迹。我保留了他的《并非终点》等数篇文章的原件，几乎每页纸上都留有涂改液的痕迹，有蓝笔改完后又在上面用红笔再改的字迹，还有满纸拉出的或长或短的线，线头处是新添加的一段段文字，被人戏称“放风筝”……而排出大样后，他还会改。只要文章没见报，他一定会无休无止地改下去。有时觉得编发他的稿子不是很轻松，但对于他异乎寻常的较真，你又不由得心生敬佩。

后来，他自己也讲："我好改校样的习惯，早在50年代就引起过报社排字工人的不满。一次编辑对我说，排字房几乎把你改过的校样贴出示众，社长范长江同志亲自劝阻才使工友们放弃了这种抗议与批评……"但他又讲，之所以这样改样，是因为对具体观点和想法多有变动，还有对原稿涉及的某些知识"后来方知"。他的夫人谢老师跟我说："老头儿甚至对已经发表的文章还要反复修改。"结果呢，据他说，有一个刊物因他对校样改动太大，罚他赔了排版费。杂文家陈四益也曾是他的一个编者，一次对他半开玩笑说，你再这样改稿子，只怕会遇到像巴尔扎克那样的麻烦。原来，法国文豪巴尔扎克总是将清样改得面目全非，出版商便将所有重排的费用都记到他账上，到书出版时，巴尔扎克非但拿不到稿费，还倒欠出版商的钱。他闻之笑了，但还是认真地说："我倒宁可扣钱。"

他不仅自己改样，还希望别人也帮他改。在我保留的

他改过的校样要被贴出示众

— **王朝闻** —

（1909—2004）

四川合江人。美学家、雕塑家。

作品有《毛泽东浮雕像》《刘胡兰》《民兵》等，

专著有《新艺术创作论》《一以当十》《论凤姐》《审美论》等。

他的几封信里，他多次写道：“你们认为该改动的，不要客气”，“希望提出改进写作的意见”……

我做编辑 20 多年，接触过或老或年轻的作者无数，像他这样的少之又少。

痛苦不是他一个人的

1999 年 1 月的一天，在人民日报社图书馆编辑阅览室里，我坐在长方桌前翻阅资料，偶一抬头，见王若水不知何时静默地坐在另一侧，他面前摊着一本书，似在看书，又像在想什么……我心一动，悄悄在笔记本上用钢笔勾下他的侧影。熟悉王若水的同事看了，说 —— 形神皆似。

又日，见王若水在办公楼下的金台园里打太极拳，便过去请他题字。他没有片刻犹疑，就在画像旁写下：“宁做痛苦的清醒者，不做无忧的梦中人。”

后来，几次在报社院内或附近街上遇见他，只是点点头。矮小瘦弱的他，总是一人独行，总像在想问题，神情凝重，带点儿忧郁。

记得 20 世纪 80 年代，我在新街口书店看到王若水的一本小书《智慧的痛苦》，书里讲他进入哲学大门时，老师问他："你愿意做一只快乐的猪，还是做一个痛苦的哲学家？"他答："如果选择做哲学家就是选择痛苦，我宁愿选择痛苦。因为这不是一般的痛苦，而是智慧的痛苦。"

智慧不仅意味着痛苦，还会伴随孤独。

不过，像王若水这样带有人道情怀的哲学家、学者，在诡谲的政治环境里，要坚持己见，不惧威权，其命运注定是一场悲剧——他们追求火，想赤手空拳抓住它，未想自己却化为灰烬……

王若水带着智慧的痛苦走了。无数梦中无忧人，清醒过来会发现，王若水的痛苦并非他一个人的……

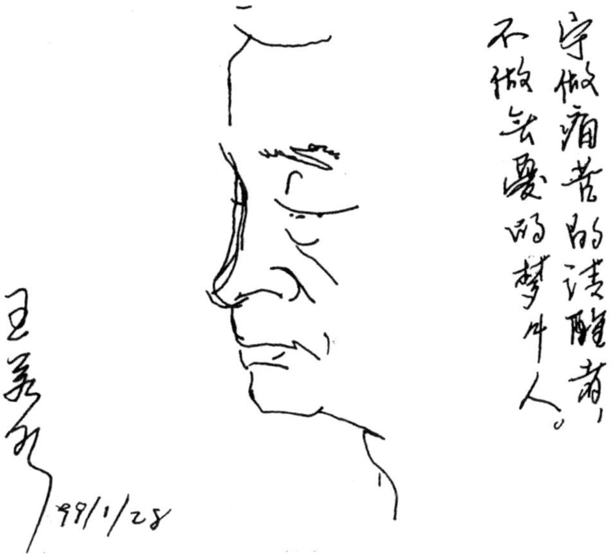

— 王若水 —

（1926—2002）

生于上海。哲学家。

著有《桌子的哲学》《关于异化的概念》《谈谈异化问题》《人是马克思主义的出发点》《为人道主义辩护》等。

他有两双眼睛

1981 年的一天，正在中央美术学院进修的我，随油画系进修班同学到煤渣胡同韦启美老师家上课。大家随意围拢着他，说是上课，其实更像一个家庭聚会。他粗衣便鞋，总是笑嘻嘻的样子，那种无拘无束的感觉，现在想起来还是暖暖的。

后来，我到了报社，看到他在《讽刺与幽默》上发表的漫画，也向他约稿。他的漫画造型风趣讲究，多关乎时政民生。我就听到老报人范敬宜说他的漫画“有思想”。

2006 年 3 月的一天，我在帅府园街上迎面遇见他。他一边慢慢走，一边盯着一排建筑看，想跟他打招呼，又怕打扰他，擦肩而过时，他仍在盯着那排建筑看。

记得他讲过这样一段话，大意是说：他有两双眼睛，

—— 韦启美 ——

（1923—2009）

安徽安庆人。美术家、美术教育家。

作品有油画《儿子立了功》《模范饲养员》《初春》《青纱帐》，漫画《运砖》等。

一双是绘画的眼睛，用它看到的是色彩、线条、明暗、团块和它们的构成，还有生命的律动在构成中的呈现；另一双眼睛是一个人的眼睛，用它看生活、看人。当凝望星空时，他想到在银河旁已看不见儿时熟悉的织女星；当看到小学生擦洗马路上的隔离栏时，他看见成人心上擦不掉的锈迹……他用这两双眼睛在看、在想，再用两支笔，画漫画批判社会，画油画赞美生活。

我画过他一幅速写像，原想请他写点儿他对艺术人生感悟的话，未想他却写了一段赞扬我的话。想到他 1947 年起应徐悲鸿之邀先在北平国立艺专、后在中央美术学院执教，我感觉到的是他为人的善。

艺术不能没有苦难

“艺术不能没有苦难”，不知吴冠中何时讲过这句话，我一直记着。

我喜欢他的画，更钦敬他这个人。

他善良。一次，我见他老伴儿在家看电视时，要用手捂着一只眼。她说是脑血栓造成的。就因为老伴儿有了病，吴先生很少出门了，即使参加政协会，无论多晚，也要赶回家。直到吴先生也病倒了，中风后几近失忆的老伴总问儿子：“爸爸怎么还没回来？唉，他又去画画了，他真是不要命呀……”

他率真。“我要是出任（美协）主席，头一件事，美协解散！”“拒绝豢养！”“笔墨等于零！”“三百个齐白石，抵不过一个鲁迅！”

……

不论他说的对与否，但像他这样子敢说真话的现在有几人？

他89岁时画了一幅鲁迅的油画肖像，画题也叫《野草》。

他的学生刘巨德说：吴先生视鲁迅为精神的父亲。他住院时还说：中国缺少有思想的人！

我印象中，晚年的他，清癯的脸上很少有笑容。他说自己日益苦闷，“我这一辈子为艺术，可没让儿子学画，这条路太痛苦！”他的苦闷、痛苦，该是精神上的。

当苦难来临时，会有一双手来抚慰人的灵魂，那就是音乐和文学。

他也说：我闲时就是看书，我喜欢文学。

似有所悟：所以他的画能有如此独树一帜的个性和情怀。

2010年，他91岁时走了。“人死了，搞什么仪式没有意义。所以，不留骨灰，不要让人看到我没有生命的样子。”他至死依然这样决然，有鲁迅的遗风。

— 吴冠中 —

（1919—2010）

江苏宜兴人。美术家、美术教育家。

作品有《长江三峡》《小鸟天堂》《鲁迅的故乡》等，

散文随笔集《我负丹青》《美丑缘》等。

那个年代，他的眉头是舒展的

眉头紧蹙，眼里含着忧思。这是晚年魏巍留给我的印象。但在抗日战争年代，魏巍的眉头一定是舒展的。

我的父亲与魏巍是战友。晚年，他们一起回忆“每天把脑袋掖在裤腰带上”的战争岁月时，我听到一个关于魏巍恋爱的小插曲。刘秋华是魏巍在冀中时房东家的姑娘，魏巍看上她了，又不会表白。见这个农家姑娘每天在灶房烧火做饭，他就老拿着烟到灶房借火。他本来不吸烟，却要装样，又不会“卷大炮”，烟也点不着，想瞅人家姑娘又不敢瞅……魏巍的对象就是这么对火对出来的……

嘿嘿嘿……哈哈哈……

在他们开怀的笑声里，我忽然觉到，即使每天每时每刻都面临生存死亡，他们仍不失人性的纯真与温情。

那个年代，他的眉头是舒展的

— 魏巍 —

(1920—2008)

河南郑州人。作家。

主要作品有报告文学《谁是最可爱的人》，

长篇小说《地球的红飘带》《火凤凰》《东方》，

诗集《黎明风景》《红叶集》等。

在他们怀旧的记忆中，战友，就是有共同理想、生死与共的同志……所以，那时候的战友，三天不见像隔了多少年……所以，那时候的司令员、炊事员，都是平等的……

我看到魏巍的眉头紧蹙起来，眼里又多了几分忧思。

唉，惭愧呀……

吴作人早年游学法国、比利时，上的是高等和皇家美术学院。黄永玉称他是“典型的学院派”。我在帅府园中央美术学院进修时，观摩过他的人体素描范画，造型之精绝，只有仰视的份儿。

1996 年初春的一个下午，在花园村一幢窗外开满迎春花的公寓里，我坐在了他们夫妇身边。这时的他，6 年前患脑血栓后出现脑软化，常昏睡……而这天，他的意识意外被唤醒。我们从他常用的印章聊起。在笔记本上，我记下他断断续续的话：

“‘师造化，夺天工’，我的老师就是师造化，夺天工就是要超过它……我还有‘法由我变，艺为人生’，艺术上法怎么变、变不变在我……我们讲究为人生的艺术，我一直在走这条路……‘嘤其鸣矣，求其友声’，鸟叫希望有回音，我希望自己的作品得到人民的喜爱……”

房间的墙上挂着一幅他1983年在西北画的水墨骆驼。我看过他的油画作品，印象较深的有《齐白石肖像》，还有在藏区的写生等。20世纪70年代，我在《中国建设》等外宣杂志上看到他画的是金鱼、牦牛、熊猫等中国画。他说自己改画中国画，是因为它最切合中国人的思想情感。他晚年不止一次提到艺术要为人民服务，他说这个是真心实意的。

想起一个听来的故事。20世纪50年代，他和萧淑芳等去麦积山写生，借宿的大通铺上满是臭虫，萧淑芳被咬得睡不着，半夜摇着熟睡的他说：“作人！作人！你醒醒……”那地方我20世纪70年代也去过，坐火车，换汽车，还要徒步走好长的路。

那天，萧淑芳先生还提到“假我数年”这枚印章，说邓散木刻好后他就病倒了。他晚年被病痛折磨，老觉得自己做不了什么。听到别人赞美他时，他会更难过：“唉，惭愧呀……”他下意识地低下头，看着自己一双不能再握画笔的手。

唉，惭愧呀……

— 吴作人 —

（1908—1997）

出生于江苏苏州。美术家、美术教育家。

作品有《藏女汲水》《戈壁牧驼》《饮水思源》等。

他活出了人的模样

我只见过萧军一面，1984年的一个冬日，在后海北沿的“海北楼”上。

他体态敦实，脸膛宽硕，特别是他梗梗的短髭和直楞楞的头发，给人印象很深。

那年，是他平反后的第三年。那年，周扬在庆祝萧军创作活动50年的会上说：经过几十年，他才更了解萧军的刚直不阿……和萧军患难与共半个世纪的夫人王德芬，说他一辈子秉性耿直，桀骜不驯，不会阿谀奉迎……1944年3月24日，他在延安给毛主席写信：“泽东同志：我想起一点意见写给你……”真是直率得不能再直率。毛泽东也说他“是极坦白豪爽的人”。

或许，就应了那句：性格决定命运。他一生走过的路，

—— 萧军 ——

（1907—1988）

辽宁义县人。作家。

著有长篇小说《八月的乡村》《第三代》《五月的矿山》等。

有太多的荆棘坎坷，绝少文人的清淡闲雅。

作家从维熙讲过一个故事。一次，路遇七旬开外的萧军，见他拐杖上镶了一块铸铁，于是想起劳改挖煤的铁锤。萧军告知：这拐杖一为健身，二为碰到社会蛀虫或流氓欺辱善良时，即可拔刀相助！它活脱脱地勾画出了一幅文坛硬汉血性阳刚的精神肖像。

“荣辱随缘自在过，闲抛倦眼瞰银河。”他 23 岁时写的《言志》诗，印在了他 81 岁逝去时的纪念册上。

我至今珍存着他书写的鲁迅名言：“我吃的是草，挤出的是牛奶血。”我也喜欢他说过的一句话：“人，应当有一颗坚硬的水晶般的灵魂，虽然不容易做到，但必须这样去争取。”我更钦羡他的一生，活得真实、不窝囊。

请大家记住他的笑

在萧乾百年诞辰纪念座谈会上，舒乙的发言很有意思：萧乾家没下脚的地儿，各种药瓶子里都装了曲别针；出门西服革履，回家就趿拉着鞋，又洋又土……然后讲到萧乾的笑，说那是智者的笑、弥勒佛的笑——请大家记住他的笑！

那天，作家铁凝看了我画的这幅肖像，也说：他笑得很智慧。

这幅肖像是1995年画的。他给我的印象就是这样笑呵呵的，眼睛都弯成了月牙，那笑里有俏皮，有柔顺，有满足，还有看透世事的豁然。

父亲的老战友柳杞讲过萧乾20世纪30年代在《大公报》时曾帮助他发表了《山流》《陪都的人们》，1949年后他成为有名的军旅作家，他们后来一直保持着交往。而萧乾也讲过巴金为他出版《人生采访》的事，因为他人在国外，是巴金将他的文章一篇篇从报纸上剪下来汇辑成书的……

我也听牛汉讲过萧乾在政治运动中“打小报告”的事，不知是真是假。现在回过头来看，运动中，大家都被赶进角斗场里，都是被侮辱被伤害的人。天下大雨，谁能不打伞呢？计较这些可怜人的是是非非，是无谓的。

好在都过去了。

萧乾家在木樨地，有人以为他住“部长楼”。木樨地的确有两栋“部长楼”，作家陈荒煤、姚雪垠等都住在里面，可他是住在“部长楼”对面的一幢普通居民楼里。按他中央文史馆馆长的身份，本可以换房，可他不大讲究这些，说“有个能吃饭、睡觉、干活的地界儿就行了，况且还有多少人三世同堂呢……”

知足者常乐。再听听他这段话：“死亡的必然性还使我心胸豁达，懂得分辨生活中各种事物的性质和分量，因而对身外之物越看越轻。倒是每听到一支古老而优美的曲

— 萧乾 —

（1910—1999）

北京人。作家、记者、翻译家。

著有《未带地图的旅人》《人生采访》《北京城杂忆》等。

子就想，哪怕一生只创作出一宗悦耳、悦目或悦心的什么，能经得起时间的磨损，也就不枉此生。”

这样的人，怎能不整天笑呵呵的呢?

那个副部级

能在空中飘洒几时？

2015 年，严文井诞辰百年。他女儿讲，在筹办纪念座谈会时被告知，其父生前所在单位是局级，不能与属部级的中国作协并列主办……

严文井 2005 年去世，《人民日报》讣文里写道：“1949 年后，严文井长期担任中国作家协会和人民文学出版社的组织领导工作，为新中国的文学出版事业辛勤工作……”未用括号注明“副部级待遇”或“副部级医疗待遇”。

20 世纪 50 年代参与创建中国作协并担任过党组副书记的严文井，他本来的副部级待遇怎么就没有了？对此他搞不清也没想搞清。不过，这对于一个作家又算得了什么呢？他曾笑道：“无所谓，一旦走了，骨头变成灰，风一吹，飘得无影无踪，那个副部级能在空中飘洒几时？哈哈！”

我去过严文井早先住过的东总布胡同的家，房子冬天很冷，靠烧蜂窝煤炉子取暖……我也到过他后来红庙北里的家，没电梯，他那间小屋，书都堆在地上……

晚年，不像别的老作家那样多产，他很少再写东西。

有位诗人说，在晚年严文井的眼神里，看到悲哀。

我记忆中80岁后的严文井，走路踉跄了，但脸上没有褶皱，没有黄褐斑，白润中泛着微红。当他点着一支烟，静静地坐在那儿时，我不免好奇：他在想什么？他的思想，他的记忆，甚至他内心的痛苦，不会就这样随着轻烟散去？

他这一辈人，在无休止的政治运动中，斗人，被斗，做过一些错事，坑坑洼洼，坎坎坷坷，大体都是这样身不由己。晚年，他说过：“我仅存一个愿望，我要在到达我的终点前，多懂得一点儿真相，多听见一些真诚的声音。”

有人曾希望他写写自己的经历。他说：“我不知道是该歌颂还是贬低，我没有弄明白，就不能动笔。”

可叹！他把思考带进了坟墓。

— 严文井 —

(1915—2005)

湖北武昌人。作家。

著有长篇小说《一个人的烦恼》，散文集《山寺暮》，

童话集《南南和胡子伯伯》《严文井童话寓言集》等。

其实我越来越瘦

这话，是阎纲看了我第一次为他画的肖像时说的，说我好意，给他增肥……

他偏瘦，瘦成啥样？他说："60多年来，一米七八的个头，体重却一直徘徊在60公斤上下。"不过，这个"瘦"没亏待他。"文革"挨斗，坐"喷气式"，打骂相加，却没趴下；干校劳动，插秧、拉车、脱坯、盖房、挑大粪、人拉犁……样样干得麻利；花甲之后，寓居高楼，偶停电，爬个十几层，也不呼哧带喘……他说："非功夫也，老来瘦也！"

2001年9月，我们一起去乐陵，晚上散步，听他聊一些文坛旧人往事，听得入迷。

一次，文艺部几个同事议论他，赞其人瘦，其文其思也越来越精练，是多一字少一字都不行……

— 阎纲 —

1932 年生,陕西礼泉人。文学评论家、作家。
著有《小说论集》《文坛徜徉录》《文学警钟为何而鸣》
《文网·世情·人心》等。

他在孙犁逝世9周年纪念会上发言：

“有人死了，其精神没有死；有人没有死，跟死了却没有什么不同。我问自己：人欲横流，中国还需要孙犁吗？……”

字字见筋骨！

他写聂绀弩：

“一个老革命，怎么就成了老反革命？可真就成了！让人憋气！这是什么混账革命！”

字字见血性！

他与人交谈：

“要行善，不作恶，当你不能行善时，也不要作恶；说真话，不说假话，当你不能说实话时，也不能说假话。”

字字见灵性！

他谈写作，说有三个不写：

“没有感动不写，没有新想法不写，没有细节不写。另外，话不要说尽，就像你画画，要留白。”

……

王蒙说他“老成精”。

近几年，文友聚会，常见他。

他清癯常态，静坐一角，温文少语；偶有三言两语，即见锋芒，即见性情，即觉肉少骨头在、肉在骨头里的筋道。

哈哈，他瘦了一辈子，而瘦带给他的好处，用他的话说——多于坏处。

我什么东西都不留

2015 年 11 月 23 日，雪后。赵蘅用微信发来一首爱尔兰民歌 *Danny Boy*。她说，在杨宪益逝世 6 周年时，她想起宪益舅舅和乃迭舅母喝着酒，唱着这首歌，想起他们“文革”中失去的儿子……

杨宪益的妻子说：很难忘记那一回眸 —— 一只手优雅地衔着香烟，神情带点微醺或说禅意，淡然、安详；还有他的手，是绵软的，细而白。

其实，他在 2002 年冬已经患上前列腺癌，可见过他的人都没感觉到他身上发生了什么。熟悉他的人，都知道这位曾经的富家子弟，英伦留学娶了洋妻，又决然奔赴国难，再后文史翻译各领风骚，却不幸身陷 4 年牢狱之祸……可没有谁见他炫耀过、抱怨过。听到最多的是“没什么”“无所谓”。

—— **杨宪益** ——

(1915—2009)

生于天津。诗人、翻译家。

译著有《红楼梦》《离骚》等，

随笔集《银翘集》《译余偶拾》《去日苦多》等。

你喜欢他的书，他会说："看上什么就拿去。"

他一辈子自写的小书仅薄薄几本。写与不写、出与不出，他全不在乎。

最后即使在医院挤满候诊病人的走廊里，家人问他："哪儿不舒服？"，他也平静地答："没什么不舒服。""难受不？""不难受。"……

可有一次，我问他："假若再有那样的事发生，你还会拍案而起吗？"他只轻轻两个字："会的。"

他走了。人们赞美他"翻译了整个中国"，是"文化巨人"等。我想他一定不会在意这些。他就是一个平常的人，一个喜欢喝点儿酒、爱和朋友谈天说地、只想为国家做点儿事情的人。所以，他没有什么可留下，也不要留下什么……

记得送别的那天，我第一次听到这首 *Danny Boy*："夏天已经过去，花儿开始枯萎；你已经走了，我会一直等着你……"我静静听了许久。

"我想回家。"这是他最后的声音。他回家了，又和他金发碧眼的爱人喝着酒，唱着歌，想他们失去的儿子……

父亲回家时穿着中山装

1996年，我第一次见到叶君健，一个笑呵呵的很富态的老人，全然不觉他已患癌症4年多。就在那几年，他相继出版了《金婚》《相约在维也纳》等书，还写了不少散文，记述他新的印象、旧的回忆，关于生活和人生的思考，经我手在副刊编发的就有《旧居》《默默的对话》等几篇。他说："写东西时可以忘记烦恼。"那时他不大出门，但每天的新闻都要看。他兴奋地说起新建的从北京到深圳的京九铁路——"好家伙"！能感受到他那一辈人对国家的发展变化的喜悦，是发自内心的。

记得在纪念叶君健诞辰100周年座谈会上，舒乙提起像他的父亲老舍，还有冰心、叶君健他们，无论在国外生活了多少年，都"全须全尾地回来，而且最后都死在故国"，他很感慨。我在1996年12月13日的日记里记下：近午时，叶君健先生打来电话，给我寄来一本他新出版的《相约在维也纳》。他说："现在一些年轻人，出国留学就不回来了。像老一代留学的，都不是这样的。如果他们能看看这本书，或许会有点益处。"

叶君健能用英、法、德、西、意、丹麦等语言翻译和写作。我以为他的生活会很欧化，可在他家里看到，书柜上贴着大红的民间剪纸，门帘是蜡染的土布……听他的长子叶念先讲，杨宪益来他家时，两人喝完酒就唱歌，唱的都是民歌。叶念先还说，父亲病危时他做了个梦，"父亲和母亲一同散步回到恭俭胡同旧居，父亲回家时穿着中山装……"

— 叶君健 —

（1914—1999）

湖北黄安（今湖北红安）人。作家、翻译家。

译著《安徒生童话全集》等，小说集《土地》《寂静的群山》等。

我是一个积极的“悲观主义者”

标题这句话有点费解，他的原文是“今天的我不再如年轻时那样天真、盲目乐观了，而主张对当今事物做客观的、冷静的估量。我是一个积极的‘悲观主义者’……”

于光远为什么称自己是一个“悲观主义者”？

待2008年8月21日上午，我有机会在北京广泉小区他家里与他面对面时，坐在轮椅上的他，面无表情，长时间地沉默。他夫人孟苏说：“光远现在话很少，以前每天都打电脑、看书，现在写不了、看不了，什么都干不了了。”后来我知道，孟苏的父亲孟用潜，1956年因对当时的统购统销政策表达了不同意见，被罢了官。

孟苏唤来女儿于小东看画像。于小东又跟我讲起她爸

—— 于光远 ——

（1915—2013）

上海人。学者。

著有《碎思录》《我亲历的那次历史转折》《我的教育思想》等。

爸在史家胡同的书房，说满屋子全是书，还有成袋成袋的资料，“我爸爸就喜欢扎在书堆里。实在没地儿了，就连书柜前也摆满了，又把一摞一摞的书堆在桌子上……”

他就这样一直忙到90岁。我留有一封他写于2005年的贺年信，结尾写道：“我不能不关心国家大事，这是我一贯的思想和习惯。明知无能为力，爱莫能助，却占据我许多时间和精力，用相当多的时间去观察和思考。”

那天，他在画像旁颤颤巍巍地写了两行字：

“独立思考

只服从真理。”

后来，对他那句“我是一个积极的‘悲观主义者’”慢慢有所领悟：人在对现实不得不做出悲观的估量时，也不要停止观察和思考，还应以积极的精神对待它。像于光远他们这一代人大体就是这样走过来的。

老时才醒，醒时已老

袁鹰本名田钟洛，我们都叫他“老田”。2014 年 3 月的一天，他在家里跌了一跤，随后住进离家不远的小庄医院。

这天，我跟王必胜去医院探视。在一个 8 人间病房里，老田正戴着老花镜静静地看书，书名为《青青者忆》。枕边还放着一本民国版的《唐诗三百首》和《浮生六记》，他说那是清人沈复写的一本自传体散文……房间里除了病人，还有家属和护工，嘈杂憋屈得很。后来院方给他换到一个 3 人间病房，但走动起来也要侧身才行。必胜为他不平：这样一位有名望的作家，本可以享受副部级医疗待遇……照顾他的小赵说：“伯伯没觉得这儿有什么不好，他爱跟病人聊天儿，跟护工也有说有笑的。”

后来，老田被安排住进协和医院有武警站岗的干部病房。我们欣赏着这间带飘窗的病房时，老田说："左邻右舍是谁也不知道，问护士，说有规定：不让告诉。"

关于老田，我记着一个细节：每次他外出开会什么的，临出门前，都要先跟女儿小梅说声"再见"，再跟病弱的老伴儿吴芸红老师道一声"我去开会了"。随后，我会听到他们夫妇细声细语地互相说上一句诸如"走路转身当心一点儿"之类的叮嘱。

老田90岁后写了一本《十年玉碎》，是关于"文革"的。"里面有我知道的叶以群、言慧珠、郑君里、魏金枝、上官云珠等上海文艺界名人之死……还有我家庭的，我老伴儿'文革'时被批斗，她的哥哥死了还被掘坟，我女儿就是那时候得了残疾……"他说，这该是他的最后一本书，但他也不知道最后能不能出版。

因为我帮助他录入了一部分书稿，才得以知道在革命的名义下，曾经发生过这样一些悲惨的故事，令人心碎。晚年的老田，神情越发平和、宽厚、慈祥，对所经历的一切也越发清醒，只可叹："醒的时候，已经老了……"

— 袁鹰 —

1924 年出生于江苏淮安。报人、作家。

著有《袁鹰儿童诗选》《丁丁游历北京城》《泥河》《秋风背影》《抚简怀人》等。

我的大家庭，和睦又亲爱

臧老 98 岁生日那天，我和同事刘梦岚等人去红霞公寓看望正在家中养病的他。他一下就认出好久不见的梦岚，说“岚是山风的岚”。臧老靠在床上为我给他画的肖像签名后，戏说自己的书法有点儿“虚名”。臧老说话时一激动，胳膊就扬起来。这时，老伴儿郑曼就轻轻地给他掖掖被角……

他们夫妇共同生活了 62 载，用郑曼的话说，是“祸福同当，苦乐同享”。臧小平讲，在她父亲最后的几年里，无论是住院还是病危，父母亲都相守在一起……

臧乐源和臧乐安是同父异母的兄弟。在北京工作的臧乐安每到周末或节日，都会带着媳妇和孩子到父母家团聚。那年，臧老的小女郑苏伊带着孩子去济南，住在泉城的长

— 臧克家 —

（1905—2004）

山东诸城人。诗人。

著有《烙印》《罪恶的黑手》《泥土的歌》《我的诗生活》等。

兄臧乐源家，一下子添丁有四，他们一同校对《文集》，热闹非常。臧老曰之："挤挤复挤挤，七口大欢喜！"

"我的大家庭，和睦又亲爱。"臧老的欣悦让人好生羡慕。

臧老走后的第四年，郑曼也走了。梦岚形容他们"一个是太阳，一个是月亮"。

关于这个大家庭，我还想到几件琐细小事。

臧老烟酒不沾，郑曼也是"有点儿好菜舍不得吃……"但他们一听到哪里老百姓遭了灾，便马上想着捐款。梦岚感叹：其实他们家没什么钱，因为那一大家子人，没一个能挣钱的。

郑曼临走前，知道自己不行了，一再跟大夫、护士说："对不起！"她是因为自己的病麻烦了别人，而过意不去。

我留着几封臧老家人的信和贺年片，在寄来稿子的同时，他们都不忘写上"又麻烦你了！""郑曼拜托""您工作忙，望多保重！"等话语。

我还看到他们的女儿写信时，最后要请代问照料父母的阿姨好。

……

这些琐细小事，更让我感动，它们也应该是臧老夫妇的家风之一缕吧。

己所不欲，勿施于人

“这是我老了以后的样子。”

2008年6月末的一天，北京方庄一幢老居民楼里，曾彦修看着我为他画的这幅肖像，又说了句：“漫画是可以夸张的。”

他27岁就去了延安。他卷起裤腿，膝盖上裹着护膝，他说是住窑洞时得的关节炎。

他的家，过道、厨房哪儿哪儿都窄小，不大的客厅，中间放了一张长方形桌子，上面摊着报纸、纸张。大概这就是他工作的地方。我坐的椅子，中间凹陷了，用一块木板垫着……

己所不欲，勿施于人

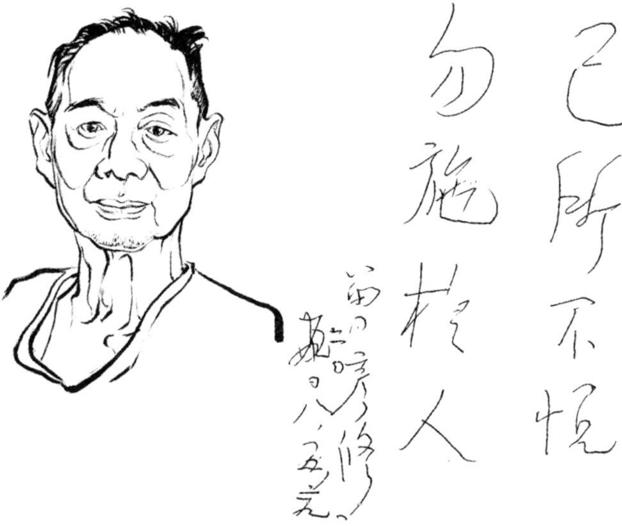

— 曾彦修 —

（1919—2015）

四川宜宾人。杂文家。

著有《严秀杂文选》《平生六记》等。

我请他在肖像画旁写句话。他想了一下，说他这一生比较喜欢这句话，说着就抓起笔写下八个字——己所不悦，勿施于人。他很用力，字迹感觉很硬朗。

他对我讲，这是中国的一句老话，出自《论语》。（编者按：《论语 · 卫灵公》中原文为“己所不欲，勿施于人”）他很喜欢这句话，经过这几十年，总搞运动，斗来斗去，都是强加于人的……

他有点儿老天真

许多年前，《光明日报》的陈英茨来看父亲，然后他们一块儿去看了张中行。那以后，父亲就和张中行交了朋友。他们之间并非文人式的，并不紧密又彼此有种互为需要的简单、不功利的联系，时断时续。每过一段时间，父亲就去看看他，他也来父亲家小坐。父亲讲，老先生不小看他没念过书，土八路出身，有时彼此挺认真地交谈。"有一次，他问了我一个很怪的问题，关于革命与反革命的问题。我怎么回答他呢……这老先生很坦率，但在政治上有点儿老天真，哈哈……"

父亲还跟我讲过杨沫。抗战初期，在冀中，他就认识杨沫，她就像个老大姐。她那时就比别人显得革命一些。后来知道，她写的《青春之歌》里那个"自私""落后"的余永泽就是张中行。

张中行说“她不嫌我别的，就嫌我不革命”。一辈子不想做官，不想发财，就想做点儿学问、读点儿书、写点儿书，安安稳稳地过小民适然的日子，顺生应命，这样活着又错在哪儿呢？他要是有那么点儿“狂者进取”，可能会多一个游行示威喊口号的大学生、一个“三八式”老干部，但十之八九不会有《负暄琐话》《负暄续话》《负暄三话》了。幸与不幸，天知否？

一天，父亲说，一块儿去看看张中行。

他面善。那天，碰上他女儿去人民教育出版社替他取药回来，告诉他：“单位里的小崔、老李，还有电工田师傅，都向您问好呢！”

我看他送父亲的书里有个词：视民如伤。他讲给我说：“它取自孟子语，意为人应该以众生为念，爱众生如爱自己的生命……”

父亲回来说：“我们当初参加革命，不也是为了这个吗？”

— 张中行 —

(1909—2006)

河北香河人。学者、作家。

著有《负暄琐话》《顺生论》《文言津逮》

《佛教与中国文学》《流年碎影》等。

我的鞋样都是哥哥铰的哩

20世纪90年代，北影的潘文展伯伯常来看望我的父亲。他演过电影《大地重光》《翠岗红旗》《南征北战》，写过电影剧本《粮食》，曾是芭蕾舞剧《红色娘子军》的导演之一。一次，他跟我讲起20世纪50年代参加文化部工作队去山西，在那儿和赵树理一块儿待了三个月的事。“赵树理一天到晚泡在老乡家，给他安排的住处，炕上积了一层灰土……他穿一身粗布中山装，挎包上挂着一个茶缸子……一天下乡吃派饭，他看见碗里有肉，把筷子一撂，问村干部：老乡现在吃的是甚……”他的讲述激起我对这位山药蛋派作家的好奇和喜爱。

1994年3月，我从北京乘火车，换汽车，一路打听，找到了沁河边的尉迟村。遇到一位叫韩如美的老汉，他说

— 赵树理 —

（1906—1970）

山西沁水县人。作家。

著有《小二黑结婚》《李有才板话》《李家庄的变迁》《三里湾》等。

赵树理活着时在他家开过会……说着，他带我来到赵树理出生的祖居，见到了赵树理的妹子翠花大娘。

天黑了，大娘对我说：“不走哩，我哥哥就是走到哪儿黑到哪儿。”那晚，我和大娘一家人围在一起吃着油果，喝着拌着扁豆花生的小米粥。大娘说起他哥哥：“盘灶、编簸箕、摇耧、扬场……我哥哥什么活计都会干，就连我的鞋样都是哥哥铰的哩……”

那晚，我有一个强烈的感觉：赵树理就是一个能写书的农民。他不会把“深入生活，扎根人民”一类的话挂在嘴边，可他写的都是他那个年代老百姓的事，说的也都是那个年代老百姓的理。牛汉讲，50年代开作家代表大会，一天听胡乔木等领导做报告，他跟赵树理坐一起，见他老出去，以为他上厕所。后来，赵树理讲，他不喜欢台上讲的那一套。假若那个年代的领导像他一样真正热爱农民，熟悉农村社会，大概就不会出现合作化、人民公社、“大跃进”那些折腾人的荒唐事哩。

做学问要有耐性

很多年前，因报纸副刊需要，也出自个人喜爱，我走访并画下了一些文学艺术家的故居，积累了不多不少的作品。这个过程中，不时有人赞赏并希望将其汇辑成书。每每闻之，总会有一点点小有成就的窃喜。

1998年9月的一天下午，我带着一部分作品到北师大给钟敬文看，说实话，确有一点儿显摆的意思。那天，老先生对我说："不要急于出书，做学问要有耐性，否则成功得快，消失得也快，就像肥皂泡……"当时我的脸有点儿发热。

想想自己做的这点事真算不上什么学问。而他对民间文艺学、民俗学的研究，那才是一门深阔的学问，而他一做就是80余年。他95岁后，我的同事徐怀谦问他是否后悔没能如顾颉刚期许的那样，写出一部精深的民俗学著作，他引了罗曼·罗兰的一句话作答："成功不是要紧的，要紧的是伟大。"他说他看到民俗学事业发展了，那才是要紧的。

他活到百岁，我觉得他慈祥得像个"老祖母"。可就是这样一位心地善良的人，一位如季羡林所说的谨言慎行、从不胡说八道的人，也没能逃脱1957年那场"阳谋"的圈套，坠入陷阱。但几乎没人听到他对此说过半句抱怨的话。有一次，他向我打探报社徐放的近况，说徐放因所谓的"胡风反革命集团案"落难，而北师大有位教师又因徐放受牵连被打成反党分子……与他有一面之识的徐怀谦去山东禹城县（今山东禹城市）扶贫。之后，我每次见到老先生，他都问一问那个扶贫去的小徐怎么样……他心大，装着别人那么多事。

听到他去世的消息，我长叹一声：这世上又少了一位善良的老人……

—— 钟敬文 ——

（1903—2002）

广东海丰人。民间文艺学家、民俗学家、诗人。著有《钟敬文民间文学论集》《话说民间文化》《荔枝小品》《西湖漫拾》《诗心》等。

快看不见了，但还要写

周汝昌 88 岁时，希望自己再多活几年，说像他这样年纪的人，积累一些学识很辛苦，可人刚成熟，就到了快结束生命的时候……

这也许是人类普遍的不幸。

他如愿多活了几年。在最后的近 10 年里，他出版了 20 余部专著，仅《〈石头记〉会真》就写了 500 万字。

我和同事拜望过他，是在 2005 年 5 月，看到了他的一些境况。

他住在红庙北里 3 号楼，和王朝闻、严文井住的房子一样，20 世纪 80 年代算“高知楼”，现在就显得又小又旧了。

他与同事交谈时，我问他女儿：老先生在哪儿写东西？她指指屋子中间一张折叠圆桌 —— 就是一般人家当饭桌用

— 周汝昌 —

（1918—2012）

天津人。学者、诗人。

著有《红楼梦新证》《〈石头记〉会真》《我与胡适先生》等。

的那种——“我父亲每天就在这儿写东西”。

他正在写些什么，我没问，但知道他眼睛已经基本看不见了。可就这样，他每天还要写2000多字。同事说，他那是为了亲近笔墨纸砚，也为了保持文字的个性。女儿看着父亲轻声说了句：“我父亲将来不是病死，而是累死。”

那天，他在为我给他画的肖像签名时，身子紧伏在桌面上，脸几乎和纸粘在了一起……就这样，写出来的字有的还重叠在了一起。

我曾在现代文学馆听过他关于“曹雪芹其人其书”的讲座。那天听众多极了，且多是普通市民，只好在多功能厅外的走廊里加了分会场。讲座结束后，哪个听众跟他合影，他都乐呵呵的。

他是幸运的，能用涵咏玩味、积功既久得到的学养济惠民众，并得到广泛尊重。借他的话说，生命是残酷的，人这一生，无外是把残酷的生命变成美好的生命。他——做到了……

晚年，他有两种面容

漫画家华君武说我画的这幅周扬的肖像——“像”。

他说，周扬在延安培养了好多文艺干部。他听说有本关于周扬的书稿压在一家出版公司好几年出不来，就打听到这家单位的电话，准备问问为什么……我觉得他和周扬位置不同，命运有相似的地方。

记得1982年春，我所在的单位在北海公园举办“幻灯艺术展览”。那天，我父亲叫来诗人田间一块儿参观。其间，有个人过来跟田间说：“周扬同志来了，在休息室，他想见见你。”当时田间面显无奈，轻声跟父亲说，他不想去……我不知道他为什么不愿意见周扬，之后他们见没见我也没留意，现在想总是有点儿原因的。

好像也是那年，美术界在北京饭店举行迎春团拜会。

那天来的人很多，频频走动，互致问候。我远远看见主宾席上的周扬，一个人呆呆地坐在那儿。

杂文家舒展给我看过一张他和周扬在 1984 年中国作协春节联欢会上的合影。他说那天是他主动过去的。照片背面，他写了一行字："看望挨整的周扬。他晚年，没有再整人！"

我看过一些有关周扬的文章，想象坐在胡风被判刑时审判席上的他，想象走出秦城监狱的他，想象在第四次文代会上向萧军也是向其他被伤害的人道歉的他……有人憎恨那个曾经位高权重、令人生畏的他；有人同情那个人性尚存、内心苦闷的他。

他的孩子周密忆及父亲，"毛泽东去世时，他流下了真心的眼泪"。

有人说晚年的他，定格在两种面容上：一是呆滞，一是流泪。

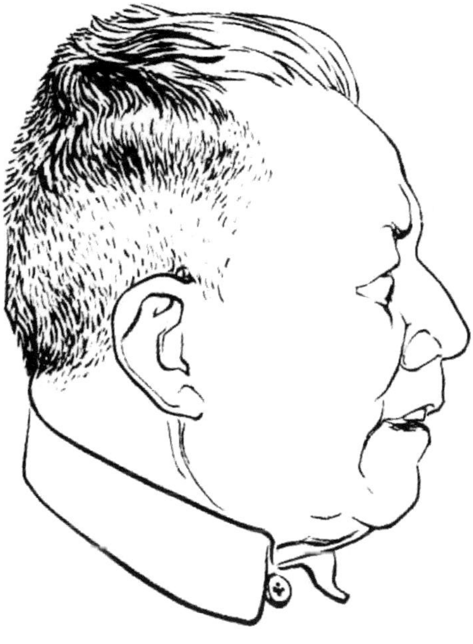

—— 周扬 ——

（1908—1989）

湖南益阳人。文艺理论家。

著有《现实主义试论》《典型与个性》《关于国防文学》《文学与生活漫谈》等。

他说什么也不怕了

2016年1月13日，一条醒目的新闻：今天，周有光111岁了。

前几天，听屠岸先生讲，他刚刚看望了周有光，觉得他精神比以前稍差了些，问他问题，他都能回答，但不主动说话了。

2011年2月的一天，我的同事要去采访106岁的周有光，有人在旁说了句：他活到这个岁数，说什么也不怕了。

我请同事带去我画的周有光的肖像。

回来，听同事讲他采访周有光的经过：

他住在一座20世纪七八十年代建的楼房里。他已在书桌前等候了，茶也沏好了，还准备了纸和笔。旁边有一大摞资料，上面净是他用笔圈写过的痕迹。

—— 周有光 ——

1906 年出生于江苏常州。学者、语言文字学家。
著有《百岁新稿》《学思集——周有光文化论稿》
《文化学丛谈》等。

他说："你来，我就讲真话……我是两头真，过去是真诚，老来讲真话……"他讲这一生经历了两大灾难，一个是抗日战争，差点儿被炸死；一个是10年"文革"，差点儿被整死……他讲了两个多小时，也不喝水，更没见他记忆有障碍。

那天，他在肖像画旁写了一句话："勿忘过去，警惕未来，历史才能正道前进。"这是他在2009年第9期《炎黄春秋》杂志上发表的《纪念端午节的意义》里面的一句话。那期杂志我没看到，是黄宗江先生复印下来我才看到的，他说周老的这篇文章——必读！佩服他——敢讲真话！

2012年初，我参加《炎黄春秋》迎春联谊会时，见到坐在轮椅上的他，他的到来给众人一个不小的惊喜。我现场画了一幅他的速写像。他说："好得很。"我想他是出于客气，但没忘请他签名，他也没忘写上"107岁"。

那天他即兴讲了什么，我忘了。但他坐在那儿，一副气定无畏的神情，给我留下了很深的印象。当代中国，有一批像他这样的人，晚年觉醒，在反思和批判中，享受着思想得到挣脱和放飞的快乐——他是真的说什么也不怕了。

一个反问

对于朱 正，我时常想起的就是他的那个反问。

1977 年底，胡耀邦出任中共中央组织部部长，开始平反“文革”冤假错案，后又进一步复查“文革”前遗留的冤假错案。那个时期，历次政治运动的受难者听到、看到最多的一个词就是落实政策。我父亲有一位老朋友叫彭集新，是大革命时期的老党员、中国记协前身“青记会”的发起人，却被诬为叛徒，党籍、公职都没了。他死在“文革”中的冬天，走时身上连件棉大衣都没有……那个时候，我看到很多人在写申诉，他们四处上访，向党组织倾诉自己的冤屈，证明自己的忠诚，期盼恢复应有的名誉和待遇……

“感谢党的政策”，这或许是无数政治受难者在获得平反后最想说的话，但这句话总会让我想到朱正的那个反问。

“说到平反，这里提出一个问题来：是给谁平反？”——1633年，罗马教廷宗教裁判所因为伽利略写了一本阐扬哥白尼日心说的书，是“异端邪说”，判他入狱……300年后，罗马教廷宣布当年对伽利略的审判是错误的。想一想，教廷这样做，不是为伽利略平反，而是为自己平反，为教廷在世界公众舆论面前恢复名誉……

朱正的反问、罗马教廷的平反，让人看到，人类历史上虽然有冤假错案，但终究还是公正的。

— 朱正 —

1931 年生，湖南长沙人。作家。

著有《留一点谜语给你猜》《反右派斗争始末》《1957 年的夏季》《一个人的呐喊》等。

副刊

已出版图书目录

一、精品栏目荟萃

《副刊面面观》

《心香一瓣》

《纽约客闲话精选集　一》

《多味斋》

《文艺地图之一城风月向来人》

二、个人作品精选

《踏歌行》

《家园与乡愁》

《我画文人肖像》

《茶事一年间》

《好在共一城风雨》

《从第一槌开始》

《碰上的缘分》

《抓在手里的阳光》